时间与空筐

唐晓虹 著

在时间的范畴里
精神之花永远不会填满内心

中国书籍出版社
China Book Press

图书在版编目(CIP)数据

时间与空筐 / 唐晓虹著. — 北京: 中国书籍出版社,
2021.5

ISBN 978-7-5068-8456-3

Ⅰ.①时… Ⅱ.①唐… Ⅲ.①诗集–中国–当代
Ⅳ.①I227

中国版本图书馆 CIP 数据核字(2021)第 071964 号

时间与空筐

唐晓虹 著

责任编辑	成晓春
责任印制	孙马飞 马 芝
出版发行	中国书籍出版社
地 址	北京市丰台区三路居路 97 号(邮编:100073)
电 话	(010)52257143(总编室) (010)52257140(发行部)
电子邮箱	eo@chinabp.com.cn
经 销	全国新华书店
印 刷	成都兴怡包装装潢有限公司
开 本	880 毫米×1230 毫米 1/32
字 数	166 千字
印 张	9
版 次	2021 年 5 月第 1 版
印 次	2021 年 5 月第 1 次印刷
书 号	ISBN 978-7-5068-8456-3
定 价	56.00 元

投递和接收爱的光芒

叶延滨

读唐晓虹的新诗集《时间与空筐》的过程中，时时会有一种发自内心的惊喜。唐晓虹是广东诗坛上资深的优秀诗人，她出道较早，在珠海特区工作多年，一直与诗为伴。她不是那种潮流中总在浪尖弄潮的诗人。特别是进入网络自媒体时代，喧嚣热闹不断产生网红和新闻的诗坛，难得见到唐晓虹的身影。

读她的这本诗集，我感到这就是诗人唐晓虹，一个沉静、安详、用微笑面对世界的诗人。这些作品给了我许多惊喜，因为诗人用她的笔，消除了我心头的一些忧虑，唐晓虹用这些诗歌文本，再次向读者证明，原来诗坛不只是网络上的喧哗、争吵与八卦，真正的诗人仍然在坚守诗人的天职，维护着诗歌的尊严，用真诚大爱之心，为真，为善，为宏大和弱小的美好，开拓一方净土。"岁月高台之上，时光松开她的手/一只空筐落下，像是去赴深壑/赶一场失重的约会/此刻，我的头颅倾倒空筐的前方/掏出一生的积累，包括爱与不爱//空筐笑了，用胜利者傲视囚徒的目光/鄙视我，摧醒我找回再生的力量/飞落之中，我的灵魂苏醒/本能启动，挣脱再挣脱/逃离空筐的轻蔑，握住爱与不爱/守护曾经存留心灵的瑰宝……"这首诗是读懂唐晓虹的入口，诗人正是用写作，努力与虚无的时间抗争，用诗歌握住爱与不爱，用诗歌"守护曾经存留心灵的瑰宝"。说得真好，一代又一代诗人们的心血之作，让这个世界保留了那么多美好的情感、真诚的心灵和不再消逝的岁月。诗人何为？如果诗人都在网络快餐充斥的今天，参与其中的喧嚣，成为点击率和流量的掮客，那么后人会为这个时代难过。难道真会留下一个没有美好心灵的空筐年代吗？谢谢唐晓虹，她用安静的微笑面对这个喧嚣的世界，同时她用诗歌证明，美好的事物不会消失。诗人的心灵会与之相遇，诗人的眼睛会看到，诗人的笔会留下，过去这样，今天仍然这样，诗人不会忘记自己的天职。

读唐晓虹的诗歌，是一次愉快的精神之旅。在阅读中，我们走近诗人的世界，同时我们也分享诗人的欢乐与痛苦，理解诗人的希望与创造。一个优秀的诗人，她不人云亦云，她有打开一片独特天地的钥匙。在那片天地里，所有的一切，以另一种真实呈现："墙上的秒针锈死，枯萎着/掉落地下，如裂开的葵花籽/颜面像是活着又像是死亡//地下，石头挨着石头/一道难题让葵花籽选择——跳过石头是生，那是幸运/细腻的土壤捧出温软柔情/撞上石头是死，那是劫难/永远无法扎根的空洞/会是怎样含糊不清的痛觉/令时间难以忍耐？//时间，你就跳过石头吧/让枯萎的秒针褪去锈迹/去发芽，去抽枝/朝着太阳盛开一簇金黄//此刻，泥土深处的蚯蚓/穿过泥土的厚壁/聆听清脆的嘀嗒/由轻到重，自远而近……"这首《时间跳过石头》写得十分精彩，无形的时间在这里有了生命，并且被诗人赋予人格，同时有了自己的命运与抉择。诗人在这里重新命名眼中的世界。同时也将无形的自我鲜活地呈现于读者面前。以诗人的慧眼看到不一样的世界，以诗人之笔来重新命名，让无形有形，让无情有情，创造的愉悦是诗人让这个世界的美玉，不再被泥沙掩没。

　　读唐晓虹的诗歌，使我再一次感到，一个优秀的诗人是美好事物的发现者、创造者和命名者，同时也会对普遍认同现象，有自己独特观察和不同凡响的解读："所有的季节，我从不等待春天/像故乡的河流，从不等待/冰川解冻的夜晚，像珠江口的滩涂/从不等待翩跹起舞的白鹭/像北山村的宗祠，从不等待/玉堂吐艳的清晨，我的从不等待/如同海边的日月贝/从不等待光阴交替的瞬间/所有的季节，连同所有的光阴/我从不等待春天，因为和煦的风/一定会从远方吹来，还有柔情的雨/正飘落草丛花间，此时的春天/就是一首诗，随意的文字柔情似水/……所有的季节，我从不等待春天/就如同我们的人生，从不等待/命运之舟承载的无限可能与幸运/只想等待一线光芒，去照亮/属于自己的夜晚与清晨。"这首《从不等待季节》，跳出了人们通常的思维方式，以出奇不意的切口，对世界发出自己的确认方式。这是所有优秀诗人必须具备的天赋，也是一个诗人被读者确认的前提。不同凡响，独立特行。同时，请注意这个同时，诗人必须找到另外一条通向真实的途径，另外一种呈现美好的方式。如果只是出奇不意，却遮蔽真相，或展示丑恶，这时写作者就偏离了诗歌的大道，走向哗众取宠的媚俗。而这样的人如流星般从诗坛消失，究其原因，就是因为诗坛有自我净化的能力。守正创新，是诗歌的铁律，唐晓虹诗集透出的沉稳与宁静，让我们想起先圣的教诲：诗无邪。

　　读唐晓虹的诗集，再次让我理解，无论诗人写什么，都是自己生命体验的呈现。每个生命都是独特的，每个诗人也是独特的。诗人只要写出了属于自己的生命体验，那么这样的诗一定有其独创的艺术价值。《花朵走向果实的距离》就是这样一首好诗："花朵走向果实有一个距离/一个遥远的隔断，没有边际/从初放、盛开到衰落/花的序列变幻多样，没有瞬间/从孕育、壮实到成熟/果的旅程纷繁复杂，没有样板/看似分离相隔，实为聚集相依/每一朵花束自由行走的姿态/牵连果核勃勃生发的力量//阳光里，花朵像一颗奔向爱的精灵/果实像一位等待情的爱人/花与果的距离在奔跑与等待里/消磨了时空的久远，只有依恋/于生与死的轨迹上，交叉重叠/花与果是一起的，从来不曾分离……"这首诗写了花朵走向果实的成熟过程，我们可以读到一个女性人生的感悟，从花季少女走向成熟的体验，也可以分享关于爱情的理解。诗人心灵投射于外物，物我一体，产生鲜活生动的意象。这是诗人精神的具象，也是诗人创造的新世界。如果诗人实现了这一创造，理解万物的诗人此刻也就是万物之灵。诗作《陶罐有个想法》写道："跋涉思维之水枯竭的沙漠/陶罐剩余一只停滞的头脑/迟疑着，记不起曾经零散的模样/那年零散的自己，作为泥土/听见过花朵与树木亲密的谈话/读到过天空对大地盛情的邀约//一个夜晚，是风裹紧寒水与旺火/阻塞了思维之水游弋的通途/寒水凝结了奏响的乐章/旺火燃烧了跳动的舞蹈/陶罐在冷热交替里成为器皿/完整得不能再零散的它/蹲坐昏暗的庭园，等候宾客的造访/想细致地听一听花与树的谈话/是不是亲密得和以前一样/想安静地看一看纯朴的大地/是不是赴了天空浪漫的邀约//陶罐那停滞的思维之水，变化沸腾/脑海呈现翻滚不息的想法/总是期待别样物体的降临/总是希望和周围作倾心的谈话……"在诗人笔下，一只空罐子，有它自己的悲欢，也有它的寂寞，更有不可逃避的命运。诗人在写出这些的时候，笔尖也自然流出同情、理解、悲悯与友善。正是诗人内心情怀的流露，让读者浸润其中，诗人的精神引领读者走向心相映心相通的境界。诗人能如此，就叫有情怀，作品能达到这种境界，就叫有格调。

　　有无情怀是优秀诗人与一般写诗人的重要区别，尽管诗歌也是一门关于文字的手艺活。有无格调也是好诗与粗俗之作的重要区别，尽管今天招摇过市的许多诗作无品无格。诗人有情怀，诗歌有格调，俗世的生活场景就会被诗人重塑，从平凡生活中凸现不凡意境，比如短诗《窗外夜雨》："很奇妙，夜晚似一只扑风捉影的猫/溜进唐家老宅，握紧蘸满墨汁的笔/涂抹窗外的天地，模糊骤来的雨/屋檐上，雨点变作鼓槌在敲打/不见模样，却听见时轻时重的声响//凉风里，老宅子不声不响地弯下腰/像极了离开久远的祖父/闲坐灯下，他点头晃脑地读着旧时光/那清晰的影像，隔断了窗外的夜雨/眼前，一缕香伴一杯茶/香与茶，都是清明节开出的花"。这首诗将雨夜重新组合，夜与猫，雨与鼓槌，老宅与祖父，香与茶和清明。组合产生新的意境，悠深而古朴，神秘而亲切，清新而幽静，让我记住了这个雨夜。诗人写的是珠海唐家的雨夜，这个集子中大部分都是珠海背景下完成的，但这个珠海已经不是地图和新闻中的珠海，而是属于唐晓虹的珠海，有珠海的山水人物，更有唐晓虹的岁月晨昏。

今天到处都有分行排列的文字，但是读到好诗人写下的好诗，还是不容易的事情。唐晓虹的这部新著，让我读到了不少好诗，这些诗像她写给这个世界的情书，真诚而安宁。我相信一个传递爱的诗人也会将自己沐浴爱之海，我仿佛看到一位诗人站在大海面前，微笑地面对这个世界，她说："海水退去，夜色追逐沙滩/灯塔的光芒——爱的光芒在舞蹈/像无数星辰没有停歇地/加盖邮戳，铭记誓言/在爱情邮局，我愿意投递和接收爱/那些都是爱的光芒！"

是为序。

2020 年中秋写于北京

叶延滨 1948 年生，中国当代著名诗人、作家、评论家。曾在四川省作家协会《星星》诗刊社任社主编。1995 年调中国作家协会任《诗刊》副主编、常务副主编、主编及编审。中国作家协会全国委员会委员，中国作家协会诗歌委员会主任，享受国务院政府津贴专家。中国作家协会鲁迅文学奖（诗歌奖）一、二、三、四届评委会副主任。著有诗文集、《叶延滨文集》等五十余部。曾获中国作家协会优秀中青年诗人诗歌奖（1979—1980）、第三届中国新诗集奖（1985—1986）以及十月文学奖、四川文学奖、北京文学奖、郭沫若文学奖等文学艺术奖。其作品被翻译成多国文字和入选大学、中学教材。

目录

CONTENTS

投递和接收爱的光芒   叶延滨

第四辑

第八辑

第一辑

所有的季节，我从不等待春天

就如同我们的人生，从不等待

命运之舟承载的无限可能与幸运

见到流水

见到流水，轻舟掩饰了表情
放低棹楫，隐蔽到树叶的脉络
去观赏流水的滑动
此时千山与万壑寂静，只有流水
似天上水，自黄河来
如长江水，依楚江开
流水之波追随江河
扑腾一个个漩涡，奔向大海

流水，一直没有确定的模样
转着圈，像轻巧的涟漪顺水而去
若绵长的绸缎铺陈，柔情了水面
在望不到边际的江河，流水
咏叹命运永不复还的诗句

命运就是流水一掬，从山岭到峡谷

从春夏到秋冬，从远方到眼前

从清波到浊浪，山复水重是流水

疑虑间涂抹天地的图画，路途上

流水一直吟诵：或高或低的曲音

萦绕游鱼细石，催眠悬崖峭壁

流水有时歇息，甩开襟衫的长袖

揽缚古今名士的情怀，轻声唱和——

所谓伊人，在水一方

流水，并不知晓时间的推移

水何澹澹，潮起潮落的轨迹

伸展到未知的空间

不腐与永恒是流水的信念

有什么比流水更懂得命运的起伏？

与流水相伴的是飞度的轻舟

还有不老的千山与万壑

2009 年 3 月 17 日

延伸与抵达

时间之锤不停地敲打沙砾

万物寂静，沙砾穿越寂静

投进浅淡的水色天光

此刻，堤岸延伸城市的梦想

像时光的漏斗过滤了存在

我们依随自由浪漫的向往

堤岸之上，太阳邀约城市

还有飞奔易逝的时光

去赶赴一个庄严的仪式，去眺望

伫立海滨身着素装的灯塔

相遇如期，海水拍击堤岸

灯塔发出光芒，变幻的景致似流云

点染水色天光，无数秘密

深藏沉默不言的灯塔

谁能读懂他的心语？

太阳说，灯塔承载希望之光

照耀天地，抚慰心灵忧伤

城市说，灯塔安置验潮之井

观察波涛的起伏，守候平安吉祥

时光说，灯塔似沙砾流逝的漏斗

刻录人生的匆匆与永恒

光影深处，城市拥抱着生命

灯塔将我们引领，通往内心升腾的

恢宏理想以及平常的愿望

灯塔说，去照彻人性吧！

见证生命的真实，摒弃世间的浮华

我们朝向灯塔，牵手城市握住时光

感受爱和崇高的延伸与抵达

2016 年 10 月 7 日写于珠海城市灯塔

丢失，也是收获

晌午，海滩上盐粒开始恸哭
没有眼泪的哭泣，更显悲寂
这是太阳与风的合谋
将水从大海抽离
一种没有契约的丢失
水潜逃了，不知去了哪里？

水，是离开盐的水
盐，则是离开水的盐
它们，共同蒙在巨大的闷鼓里
两个上当者只有相向苦笑
留下无奈与滑稽，最后
一个舞蹈着去了蓝天

一个落脚到人类的嘴中

变作咸味（还好不是别的什么）

丢失，也会是另外的收获

2017 年 9 月 11 日

时间跳过石头

墙上的秒针锈死，枯萎着
掉落地下，如裂开的葵花籽
颜面像是活着又像是死亡

地下，石头挨着石头
一道难题让葵花籽选择——
跳过石头是生，那是幸运
细腻的土壤捧出温软柔情
撞上石头是死，那是劫难
永远无法扎根的空洞
会是怎样含糊不清的痛觉
令时间难以忍耐？

时间，你就跳过石头吧

让枯萎的秒针褪去锈迹

去发芽，去抽枝

朝着太阳盛开一簇金黄

此刻，泥土深处的蚯蚓

穿过泥土的厚壁

聆听清脆的嘀嗒

由轻到重，自远而近……

2019 年 1 月 22 日

从不等待的季节

所有的季节，我从不等待春天
像故乡的河流，从不等待
冰川解冻的夜晚，像珠江口的滩涂
从不等待翩跹起舞的白鹭
像北山村的宗祠，从不等待
玉堂吐艳的清晨，我的从不等待
如同海边的日月贝
从不等待光阴交替的瞬间

所有的季节，连同所有的光阴
我从不等待春天，因为和煦的风
一定会从远方吹来，还有柔情的雨
正飘落草丛花间

此时的春天就是一首诗

随意的文字柔情似水

美丽如画，诗篇中的春天在说——

珠海，就是她最温暖的抵达

春天如约而来，从不推迟她的时间

正如我，在所有的季节与光阴里

从不等待她的到来，我知道

春天是写在心灵信笺上的文字

是花园长椅里的偎依，是沙滩上

大小不一的脚印，是我的爱情！

所有的季节，我从不等待春天

就如同我们的人生，从不等待

命运之舟承载的无限可能与幸运

只想等待一线光芒，去照亮

属于自己的夜晚与清晨

2019 年 3 月 6 日

沙粒邀约了岛屿

昨日的正午，沙粒快乐地邀约
在自认为的节日里，它们聚结
在显微镜下，尽显繁华

另一种视角，沙粒就是缤纷的花朵
簇拥着，撞破从未洞开的色彩之门
以花的姿态演绎春天
用花的声音朗读夏日

夜晚降临，沙粒化作花的精魂
面朝大海，穿上裙裾翩跹起舞
大海说，沙粒怎么看都是美好

深夜，我的思想随沙粒醒来

浪涛般的思想，从东边涌到西边

海水挽起蓝色的飘带，缠绕岛屿

那些嶙峋的岩石化作沙粒

像我沉默已久发出的声响

听不清岩石对沙粒说了什么

我知道，我的思想浸满海水的盐

苦涩地流淌着，渗透了岛屿

此时，岛屿会是我思想的依靠吗？

海水拍打沙粒，像不言不语的智者

2019 年 5 月 17 日

踏进河流

和春天一起踏进河流
时间的指针被漩涡搅乱
碎叶般落在推不动的湿气里
此时，我的身躯被割裂
头颅像太阳摇晃在水面
与光芒一道聚集幻想

当皮肤与骨骼化为波涛
当血脉与长发变作浪花
我褪去所有的存在和发现
童话挂满了岸边的花树
歌声遮蔽了河床的船舱

踏进河流，和春天一起

不知深浅地，灵魂开始舞蹈

在身躯飞快的消失里

我抬高头颅，相约花树

品尝河流酝酿的美酒

2019 年 7 月 24 日

大雨将至

湖面在远处，像绷紧的铁皮鼓

拱成苍穹的模样

大雨将至，乌云翻滚

雨点像千万条鼓槌

准备从高空坠落，敲响鼓点

划破湖水的安静

朝着那片远处的湖水，飞奔而来

我，期望在大雨将至之前

抚摸安静的湖面

掬一汪清凉，洗去尘埃

想在湖边的大树下支高画架

画下苍穹般拱起的湖面

等到我靠近湖水之畔

雨的鼓槌开始敲响

天降大雨，像千军万马

在湖面上激昂跳跃

终于，雨的鼓槌相遇湖的鼓面

没有完结地演绎一场激昂

那片安静的湖水，早已走远

鼓槌声里，再找不到苍穹的影子

2019 年 8 月 26 日

海和月亮

月亮有些顽皮，裹上夜的轻纱
潜入大海，去一片宽阔的水域
品尝苦涩，和鱼一起游弋甚至飞翔
扯一束水草，戴在光影婆娑的身上
此时，月亮只想装扮成人类
睁大好奇的眼睛，相遇海葵的光焰
探寻天海之光连接的秘密

海却一直沉默，没有想法地沉默
它正掀动万卷浪花，拥抱月亮

2019 年 9 月 10 日

守候沙滩

许久以前，世俗蛊惑暗流掠夺沙滩

那片陆地投向海洋的细软

那方老人和孩子戏耍的乐园

被嶙峋的礁石侵占，以"情侣"命名之路

面对渐渐虚幻的沙滩，发出哀叹

没有了沙滩的绵延

消失了白鹭的伫立

不见了海贝的安眠

情侣一样的路，有些迷乱

一直以孤独的姿态守候，守候沙滩

不分晨昏，不计春秋

这条路挎着拾取沙砾的布袋

效仿远古神话里的勇者

像女娲更像精卫，沿海滨堆积沙滩

终于有一天，拾回了细软

归还了老人和孩子的乐园

2019 年 10 月 19 日写于珠海情侣路

原野空旷

原野空旷，一匹马低垂头颅
嗅到绿草散发的清香
最尖的那棵芽碰着马的鼻梁
小草告诉它——大地暖和了
季节的轮回永远不会误期

此时，轻柔的风吹来
泥土掀动，膨胀一股力量
打断小草和马的交谈
无数的根系从大地苏醒
这个春天，原野很幸运
她读懂万物生长的秘密
看无边的绿茵覆盖一片金黄

2019 年 11 月 19 日

乡　愁

太阳拽住云朵的脚步
故土像沉闷的鼓，没有声响
它躺倒小河边，一直等待
看会是谁捡走它掖在胸前的瓷片

碎去的青花，图案上的缠枝莲
如同大地的伴侣，听得懂乡音
认识往返的亲友

光阴深处，我是远逝的流水
记住来路，却模糊了归途
只有拾起那片青花，让泥土
种植思绪，开出一畦油菜花来

2020 年 3 月 22 日

第二辑

舞动里，她升腾着滤去剧痛

嗅尽万神芬芳，我听见一声叹息

——孤独没有对手，甚至没有近邻

玫瑰啊玫瑰

某日，太阳洒落希望的种子
湖边的柳叶等待花朵的微笑
等待一串幻美倒映长长的流水
听着水声，大地说这是玫瑰

夜晚，花朵快速拼写爱情的诗句
像飞萤划过草丛，刺痛手指
瞬息，天空吹动了依恋的风
玫瑰扑向大地的梦境，相拥无语

2006 年 5 月 20 日

有些花不像是开在今天

有些花不像是开在今天

她停顿过往的云烟

比如紫藤，比如墨兰

花的绽放和着祖辈抚琴吟诵的音韵

花的气息与名士伏案的背影一样

——清雅，甚至高傲

这些不识人间潮流的花啊

怎么就不容易开在今天

花儿，一个有魂魄的精灵

她用纯粹选择没有媚俗的天地

比如紫藤，比如墨兰

她们迟疑着自己的迟疑

从来没有迎合季节，从来没有

懵懂地踏进时光的门槛

2006 年 7 月 24 日

水草在深刻地遗忘

丽江古城的中央

水渠像母婴一样安眠

沿石桥游走的鱼

缠绵水草，吸引游人的目光

水草一直舞蹈

于清澈之中柔情万种

习惯了水的流淌

她们记不住风的味道

太阳映照泥土的气息

陌生而又缥缈

水草在深刻地遗忘

将从岸堤滑向水域的冲动

幻化一个轻盈的梦

那永不停歇地摆动

抚摸着鱼群，沉醉了游人

而水渠之上的大地

是水草忘怀已久的故里

水草，深刻地选择了遗忘

对泥土的隔断，换取对流水的依恋

都是生存的必然，无可挑剔

2006 年 8 月 19 日

年　轮

假若能读到年轮

便是树的不幸

那是需要断裂，或是斧凿的

是树在最深刻的痛苦之后

显现的岁月斑痕

年轮曾是诗人喜欢的词

以为数来数去的圈

是时间与光阴的印记

——一个很诗意的想象

而我读到的是树的无奈

是生命消亡的悲痛啊

从此，面对树的断裂或是斧凿

我不再去数那年轮

只想给树一个轻轻的抚摸

让生命的气息回来

2007 年 5 月 8 日

从清凉里醒来

夏荷伸出浅池之水
从清凉里醒来
往日像一条迟暮的暗道
花蕾在划过的痕迹上
沾满泥泞的浊气
黑夜如老墙阻隔阳光

许久，荷终于破壁而出
抛弃泥水艰涩的牵缠
于水面晃动点点葱绿
用叶与花滋蔓夏日的热烈
瞬间，生机来临
满世间飘散荷的芬芳

2007 年 6 月 15 日

百年花开

(珠海香洲南屏镇北山村杨氏大宗祠,一棵百年老
树玉堂春在初春花开锦簇)

她苍老么? 龟裂的虬枝
堆积成一种去除不掉的老态
那些倒置变形的树干
遗存园丁插枝修剪的斑痕
而那些无法想象的根啊
伸展在岭南北山古村温情的热土
于初暖的清晨醒来
圆一回春日飞升的梦想
将玉堂仙子般的花骨朵催开

此时，杨氏大宗祠

宛若一位着灰衫的长者

轻轻地抚过一排旧瓦陈墙

踏过阳光细碎洒落的门神

来到摇晃的紫荷色花前

长者守望的那一片美丽啊

是大地悄无声息的回报

还会走向苍老么？

百年花开，满树姹紫，缤纷

高贵地映照宗祠厚重的石阶

让所有的来者读到——

百年杨氏家族的成败与兴衰

读到珠海遥远的昨天

已是灿烂的花期

玉堂从苍老里款款走出

一股春的气息随花袭来……

2008 年 2 月 22 日

花朵走向果实的距离

花朵走向果实有一个距离

一个遥远的隔断，没有边际

从初放、盛开到衰落

花的序列变幻多样，没有瞬间

从孕育、壮实到成熟

果的旅程纷繁复杂，没有样板

看似分离相隔，实为聚集相依

每一朵花束自由行走的姿态

牵连果核勃勃生发的力量

阳光里，花朵像一颗奔向爱的精灵

果实像一位等待情的爱人

花与果的距离在奔跑与等待里

消磨了时空的久远，只有依恋

于生与死的轨迹上，交叉重叠

花与果是一起的，从来不曾分离

2008 年 11 月 5 日

荒原杨树

荒原近了，尘世远去
时间之灯亮在草尖，像游走的精魂
杨树站立黄昏的深处
与灯相望，像是安静的旅人

已是一身萧瑟，落地的叶片呜咽
融入泥土前的叹息，令荒原茫然

也许黑夜是杨树的归宿
不明不暗的黄昏
捉弄难以形容的心境
反差强烈的颜色
把时间的光芒掩盖得深沉

一切静止，荒原睡去

一棵又一棵杨树

倒向黄昏苦涩的酒盅

叶子纷纷坠落，发出声音

诉说一个无比凄凉的故事

那叶和杆的生死剥离

沉重了泥土，轻蔑了生命

天地间的不幸接着演绎

杨树，你到底是与谁相对？

那瞬息万变的时间之灯

将涤荡灵魂的气息，抑制着你

黄昏还在捉弄着你，疑惑着你

有一天，你能催醒荒原吗？

2009 年 6 月 8 日

失去自由的酸枣树

我偏爱种子，偏爱种子成为花树的过程
这种偏爱如饥似渴，完全失掉原则
近似疯狂，无视万物生长的规律
总是碰碎大自然与社会契合的水杯
懵懂前行，哪怕不断地跌倒

此刻，窗外的酸枣树摇晃绿叶
像极了一个爱谈话的朋友
种子说，三年前她从云南高山走来
在大海边，相遇一个意外的意外
从人类吞食果肉的嘴中跌落
阳台的花盆成为自己的寄生

那天开始，种子唱起萌芽曲

由一颗核长成一株树

渐渐地铺展一片绿荫，在城市的

水泥砖墙森林里，没法自由的酸枣树

我和时光与她为伴，一起看日出日落

一起聊风云变幻，走过一生路途

2009 年 9 月 17 日

花　语（七首）

1. 信　笺

阳光醒来，三月跟着醒来
她们穿梭在花枝与花枝之间
踏着土地起伏的节奏
拆开春天的信笺

此刻，春天在我的面前盛开
在信笺的字里行间，我读到
阳光携三月写给大地的诗篇

2. 衣 裳

蝴蝶纷飞了整个清晨
围绕紫藤去追逐一个梦想
她如同初见光明的孩子
惊奇自己眼里的惊奇!

今天，循彩云虹霓般的轨迹
蝴蝶相遇了紫藤
相遇了心仪已久的衣裳

3. 姐 妹

睡梦里，母亲眨了眨眼睛
两朵兰从花房中伸出手来
牵紧对方——没有虚拟和假设
从此，灿烂时她们微笑在一起
凋谢时，她们拥抱在一起
花开花落都是不逝的风景
风景里，流水发出这样的声音——
你是我的姐姐，我是你的妹妹!

4. 乐 章

有时，百合宛若一位乐师
开放与未开放的她
游弋在春色流淌的湖水里
将自由的梦想串成音符
叮咚地响在时空交替的隧道
她荡漾宁静的水波
正等待五彩云霞来临！

5. 笔 记

是谁如此去画花朵的模样？
将花的繁复写进春天的笔记本
将花的光影变作精致的话语
阅读时，迷人的气息袭来
孩童一样的我
悄悄地来到梦的花园

6. 花　房

撞开一堵厚厚的花榭之墙

飞鸟折起自己的翅膀

她来到一个可以安睡的地方

细声呢喃，轻盈舞姿

幽兰听懂了飞鸟的心语

拥抱她疲惫的身体

将敞开的花房挂满喜悦

这些，是幽兰替飞鸟装扮的

7. 光　河

花的血液有时并不鲜艳

像浅色的伞收藏了蜜蜂的孤独

在无边的光河中

花为匆忙而来的蜜蜂备上船只

花为远行的蜜蜂升高帆篷

2015 年 3 月 24 日

银杏睡去

夜空摇晃，银杏睡了
瞬间，火焰燃烧吞没树干
扇形的叶片纷纷落下
遍地的金黄化作泥土
填埋石头的缝隙，与寂寞相伴

千年过去，银杏成为化石
精魂却舞动夜空，星月正逃逸
黑暗令考古学家将判断失去
理智则站在枯木的目光深处走神

睡了，不等于死亡
银杏在另一种状态中

伸展枝芽，享受生命的温存

握紧摇晃的夜空

2017 年 7 月 9 日

灰鸽衔来果核

站在草地，风和云不知去了哪儿
我看见，灰鸽用翅膀在无尘的天空
划出图画，每一笔表现一种情绪

或许，我读不懂灰鸽作品的寓意
那些树木花束的模样，是线条
那些鸟鸣海语的声响，是色块
都倒伏灰鸽的飞动里，形成镜像

站在草地，风和云来到了这里
安宁与善爱被风揉进画面
——灰鸽衔来了果核

太阳醒来时，果核亦醒来

它躲藏灰鸽梦幻的包袱里，鼓胀

无数的想法波浪一样，冲击着

企图撞破果肉与果皮的牵扯

掏出内心深处的芽儿

跌落大地，伸出一枝嫩绿的叶片

果核醒来，如同我沉睡的心醒来

秋天的早晨，微笑就是果实的核

它承接窗外的光明，敲响快乐的鼓点

捧起绚丽的花束，去和泥土相会

2017 年 10 月 9 日

谁在哭泣

也就是一夜之间

手脚被捆绑

大树菠萝压在重力之下

悲切地哭泣

青藤则狡猾地偷笑

它用纠缠不清的怨愤

将别人的死换自己新生

青藤看不惯

大树菠萝那生长的姿态

只想与邪恶为伍

阴暗地施加自己的魔法

吸菠萝的灵气

掏大树的精华

巫婆般游走整树干

将千万条毒蛇一样的藤

拖死了大树，可怜的

一阵哭泣划破黑夜

惊怒了大地之神

理应是各走各的路

为何将痛苦纠缠别人一身

青藤，自己离开吧

让种下的邪恶尽快枯萎

树是树，藤是藤的界限

泾渭分明，各有各的命运

2018 年 7 月 20 日

怀念谷粒

某年某月某日开始
城里人再也见不到谷粒
真空包装的米
永远是十粒五双
精致到如一个个浅浅的微笑
映在不粘锅底

我却想找一颗谷粒
看它金灿灿的粗糙
想象它在田边地头神气的模样
更强烈的愿望是——
让谷粒浸润到暖春的潮湿里
发出绿色的嫩芽来

捧着伸出绿芽的玻璃杯

敲开邻居家的门

我对那个读小学的孩子说——

米是这绿芽的前生

某年某月某日结束

绿色的嫩芽一定会丰茂起来

城里的学生都抢着说——

米是由谷粒蜕变的

谷粒是水稻可爱的果实

2018 年 8 月 10 日

狗尾草

站立大道边，看太阳从东方天际
透过来，几丛草得意地弯腰并摇摆
像是一群精灵，欢舞于路的中央
那些金黄的穗儿是抒情诗中的一个词语
顿时，家乡的山岭和小河在眼前晃过
看见孩提时的我趴在泥地，编串狗尾草
编串可能成形的动物，比如熊猫和骏马

几丛狗尾草，不是这座城市简单的点缀
它们弯腰并摇摆的姿态，令我亲近了故乡
那些金黄的穗儿，成为诗集里抹不去的光亮

2019 年 10 月 2 日

树之影

太阳躲藏着，在大树背面玩耍
蚂蚁倾巢而出，一群狂欢的兄弟
将落叶围成树的影子，高举头顶

影子晃动成一艘远行的船
满载光芒，驶过嶙峋的岩石
穿越柔美的花草，舞蹈成风

蚂蚁兄弟睁开眼，发现树之影
非常熟悉，那是大树背面的太阳
投给森林的一个传奇，所有的
文字层层叠叠，像咏叹命运的歌
浪潮起伏，永远没有终止

2019 年 11 月 24 日

闲暇读沉香

我读不懂她的眼神，读不懂
那丝飘浮书案茶几间的迷离
唯有卸下沉重的盔甲，披一身轻衫
逃离城堡，翻越白木香茂盛的山岭
与她相遇，像和一位故友重逢

山岭深处，她正与白木香偎依
虚幻化作青烟，缭绕高天与大地
此刻，雷雨正摧毁树的枝叶
蝼蚁已吞噬杆的躯体

万绿丛中，她与白木香起舞弄倩影
如蝶，去寻觅远处的一朵花

舞动里，她升腾着滤去创痛

嗅尽万种芬芳，我听见一声叹息

——孤独没有对手，甚至没有近邻

2020 年 7 月 19 日

我懂我树（七首）

1. 倒伏抑或伸展

一棵树，苦难着

从空中做出倒伏的姿态

说是——想睡去

此刻，泥土点燃褐色的艾香

轻轻地说——

我会捧着你披散的长发

嗅足你生命的气息

充沛饱满地扶你起来

终于，倒伏的姿态变幻

伸展出优美，如仙似水

恍若幸福降临，生机无限

一棵向上的树，在一个清晨

挂满阳光的笑意

雀，一只站立树梢的雀

叽喳着感激泥土

2012 年 6 月 11 日

2. 诉说秘密

零点，时间的针一左一右

分割成一片片魔块

树神从黑暗深处探出头来

掏空自己的心，宽厚无比地

等待一个孤独者的表白

树之洞穴，沧桑般跌落

如同一个慈善的老人

拽出最大的布袋

将孤独者诉说的秘密一一兜揽

找一个地方诉说秘密
解开心结，让苦闷不见
放置树之洞穴的心愿悄悄生出
零点的魔块不见了，时间分散
刹那，树的精魂婆娑起来
秘密，有时是守不住的

2013 年 8 月 14 日

3. 伤树

最后一片树叶，孤单地
被老树誉为诗人
因为诗人的灵性不容易枯萎

此时，叶儿停顿树梢
就像正感觉没有边界的空气
无数虚幻的藤蔓
缠紧了树叶，她轻声地叹息
自己的同伴去了哪里？

老树默然，哑钟一般

半睁双眼透露一个信息

惟有诗人距死亡有无限的空间

但是，终于远离来临

最后一片树叶，飘落凋零

老树读到了诗人的伤感

2016 年 5 月 3 日

4. 叶子去了哪里

沉寂于某一个角落

槐树，蹲在残墙边喘着虚弱

没有绿色，生机早已躲藏

只听见一只飞来的雀在询问——

叶子们都去了哪里？

那声音惶惑不已

一定是久远了

脱离生机，衰败的根在艰难回忆

——与绿色相伴是幸福的

——与叶子相拥是美丽的

只是沉睡的梦

醒在不该醒的时候

不见叶子的疼痛愈加沉重

槐树生存的希望

只好随叶子去了

此时，雀儿看见不远处

一株与槐树同名的小树

正散枝开叶，郁郁葱葱

2016 年 6 月 19 日

5. 思考的枝条

远去，树的叶与花剥离

数不清的枝条像思考的神经

伸展于天地之间

树的原形早已不见

面孔生硬地摇晃理性的旗

那叶与花的灵气，抽空殆尽

那不可知的命运上下翻动
但它们却是有思考的
每一个枝条诉说一个故事
不会忘记贮存春天的欣喜
只是冬天的枯败
更加勒进它们精神的极致
让寒冷逼真地呈现大地
清醒的思考往往在冬季

枝条，寒冷里剥离了叶和花
披着一条思考面纱
庄重而神秘，令人难以靠近

2017 年 6 月 15 日

6. 如手指飞动

叶子悬挂风中，如手指飞动
摆出自由的形象，随意起舞
是蹁跹把美织成绿色轻纱
让出神入化的表演，生动无比

即使是画面隔断

也隔断不了手指舞动的美

树叶，因自唱自舞而自豪

我在叶的手指间陶醉

一种无言的美妙袭来

生怕叶子停歇了表演

2017 年 8 月 17 日

7. 宽厚如大叶榕

果真是厚重的

你撑开一把宽敞的伞

给出行的人遮阳避雨

老远，榕树就舒心地笑着

迎迓的表情一直生动

仿佛年长的善者

用慈祥传送爱的讯息

你似一把伞，容得下大地

一片片宽阔的叶子

一个个永不衰老的慰藉

大叶榕，你旺盛地生长

将福祉带给大地上的行者

宽厚如你，慈爱是你

2018 年 7 月 13 日

第 三 辑

陶皿会是岁月的印记吗？它们

以泥坯的模样走向燃烧

贴近窑口的烈焰，精灵一般

远 水

(2005 年 11 月，我从俄罗斯带回一只陶罐。没有声
响的它，时常与鲜花为伴)

小屋，夜色飘动花的暗香
一只陶罐蓄满远方之水
催生花蕊，不声不响

遥远，果真遥远
托尔斯泰故乡的工匠
将简约绕成罐的圈口
时间点亮一束光，将斑驳刻进罐身

它，带着旧式贵族的模样

踱步小屋，这盛水的器皿

义无反顾，用远方之水滋养花朵

2005 年 11 月 8 日

鹦鹉回来

晚清的一个秋天，天高云淡
我父亲的祖父，踱步青石台阶
午后的阳光穿过紫藤，映照窗棂
此时，老人看到一只鹦鹉扑倒
这只会朝宾客问候的鸟儿
这只能陪老人聊天的鸟儿
悄然投往另一个世界
死亡瞬间，鹦鹉没有失去活着时的美丽
它去到一个自由自在的梦境
在梦境深处，接着看天高云淡

那个午后，大地很沉闷
老人的眼眶宛若水波涌动的河床

鹦鹉追随泪之河水的沉浮

最终凝结了羽翼

悲伤就像是退不去的孤独

爬满紫藤，散开叶间

不久，老人遇见玉石工匠

他痴迷，让内心灵动的鹦鹉

再度飞落窗棂，继续和他聊天

人与鸟的故事永远述说不尽

工匠允诺老人，翻遍珍藏的白玉

选择与鹦鹉相像的石头

撷取秋阳的光焰，雕刻生动的鸟儿

鹦鹉再生，只是它已经失去语言

与玉一样静默的鹦鹉，化作挂件

甘愿成为老人贴身的宝物

灵魂，老人与鸟儿的灵魂从此相融

百年之后，鹦鹉回来

白玉鸟儿也能读懂秋天

在我的手心，于我的胸前

鸟儿倾听世间悲欢，守候活着的信心

让亘古不变的爱恋

从白玉的肌理深处发出应答

——带着紫藤的清香

也带着难解的忧怨

2009 年 8 月 27 日

陶罐有一个想法

跋涉思维之水枯竭的沙漠

陶罐剩余一只停滞的头脑

迟疑着，记不起曾经零散的模样

那年零散的自己，作为泥土

听见过花朵与树木亲密的谈话

读到过天空对大地盛情的邀约

一个夜晚，是风裹紧寒水与旺火

阻塞了思维之水游弋的通途

寒水凝结了奏响的乐章

旺火燃烧了跳动的舞蹈

陶罐在冷热交替里成为器皿

完整得不能再零散的它

蹲坐昏暗的庭园，等候宾客的造访

想细致地听一听花与树的谈话

是不是亲密得和以前一样

想安静地看一看淳朴的大地

是不是赴了天空浪漫的邀约

陶罐那停滞的思维之水，变化沸腾

脑海呈现翻滚不息的想法

总是期待别样物体的降临

总是希望和周围作倾心的谈话

2012 年 2 月 13 日

琥　珀

千年如烟云抵不过瞬息变迁
一只感叹时间的蝉
贴紧老树扭弯的枝杈
等待火焰或者雨水的来临

来临，化装成永恒的样子
穿戴起未知的厚氅
将热烈冲撞冰凉，搅拌春夏与秋冬
倾听树的精魂哼唱逝去的岁月
沉浮的音符带着浅浅的微笑
凝固了蝉的薄翼
蝉，扇起最后的风贴近时间的唇

琥珀跨过瞬息的千年

于蝉之死亡的光晕里诞生

2013 年 3 月 13 日

岁月挽紧青花

器皿会是岁月的印记吗？它们
以泥坯的模样走向燃烧
贴近窑口的烈焰，精灵一般
撩开画师绘就的缠枝，舞成青花

启窑的晌午，岁月游走
邀请时光，描绘瓷器的边缘
排成一行的瓶尊缸碗
望见天空很深远，大地很厚实
绕不开的舛错岁月近在眼前
最真实的，还是老窑工的双手
轻抚青花的初颜，怜惜叹惋
却遮拦不住她命运的未来

夜幕降临，星月不知藏到哪里

一辆镶金的铜车承载青花

穿过风尘飞离瓷坊，赶赴京城

等候青花的痴迷者，点亮华灯

端坐紫禁城花梨檀木的圈椅

等候青花带着清香从南方到来

从此，青花在不透气的宫殿

随烟尘散发忧怨的气息

光线下，水雾与痴迷者的体温搅和

涂满痕迹的包浆，最后

卷携康熙雍正乾隆的遗风

将清代的容颜物质地存留

今日，天空和大地伸出手

抚摸古陶瓷绝美的釉纹

阅读岁月挽紧青花的故事

2013 年 7 月 30 日

搪瓷杯的猜测

清晨的方桌上，露出铁胎的杯
跌落，发出尖响
刺耳的声音像锥子，击溃空气
凿出一幅版画
画面涂抹低垂的太阳花
上下里外散发猜测：去，去
退回属于过去的岁月
退回那些激情燃烧的瞳仁

我说，随它去吧！
像符号一般游走的搪瓷杯
以锈蚀斑驳的蟹爪纹
覆盖了苦涩的青春记忆

碰过卷边杯沿的嘴唇

是否还留存爱情的芬芳？

如同烟尘的消散，搪瓷杯

淡出岁月的光影，失却激情的它

滚动在清晨的方桌下

张开锈蚀的漏洞，闪烁父辈

曾经的花样年华

2015 年 7 月 4 日

高栏的回响

一块石头沉默在阳台
浑圆的，像某种动物安睡的模样
身旁盛开的紫荆，它没有去欣赏
宽阔的梦境里，只有高栏的海水
在拍岸，回荡起昨日的海阔天高

石头，是我从高栏抱回的纪念
那年岛屿荒芜，所有的树木
所有的花朵闪现静谧的光芒
铁炉村哼起劳作的曲调
恰如桃花源且行且乐的光景
摩崖石刻则躲藏着
透过藤萝编织的缝隙对话风云

高栏，一个隔离喧嚣的地方

石头，则是一枚相连海陆的纽扣

看海涛涌动，听潮水喧哗

飞翔的海鸥是它仰望天空的理由

自在的石头属于高栏的回响

今日的高栏，不见了铁炉村

码头的阶梯连接船舶的倒影

港口的热闹，石头无法去想象

阳台上的它安睡—大海的梦境

枕着拍岸而来的浪花

2017 年 6 月 23 日

复活一块木雕

一直钉在门框之上，灰尘满面
是谁将黄昏的颜色涂抹木雕？
那些纹理于暗淡光影间笑了一笑
笑容中，古旧的木雕开出新鲜的花朵

时光镶进木雕
不知名的花儿晃动百年前的模样
我看见，一个年轻工匠的梦想
将坚硬的酸枝碎成花朵
会同村人家的门，从此有美丽进进出出

如今，一个老朽的木雕
叹息起往昔的故事

复活了的感觉，轻盈如微风

释怀在黄昏的村庄里

2018 年 10 月 19 日写于珠海唐家湾镇会同村

花样琉璃

灯光映照，一颗琉璃醒来
从沉睡了两千余年的黑洞里
伸展身姿，抖落尘土
带着繁复的花样和迷人的色彩
恬静地露出笑颜

她不知有多么的绚丽？
一道道搅纹，发出亮光
独特而又蕴含深义

谁能想到，远古艺术如此精湛
靠近她的人们又多么的幸运
因为创造琉璃的时空已经遥远

那个无法返回的熔制工艺

将不可复制的美丽留存人间

惟有去珍惜，惟有去懂得

将花样的琉璃紧捧在手心

2019 年 9 月 19 日

念　珠

被工匠打磨后，每颗珠子紧挨着
等候一条线，将孔洞连接孔洞
被僧侣加持后，每颗珠子寂静地
等候一位来者，把祝福给予祝福

就这样，108 颗念珠随缘来到
紧贴我的手腕，不停地低语
将看不见的祈祷词，念给我听
——不论晨昏，不论冬夏

2019 年 9 月 29 日

一块陨石

拧紧被宇宙气浪雕凿的眉头
你站立茶台，像是缄口不言的老者
一壶茉莉花茶吐露芬芳
你嗅着，回忆成为缥缈的氤氲
缭绕逝去的光年——

那是星辰才会拥有的骄傲
通体发亮，游历太空的轨迹
灿烂过无数的天体，这些都是
你前世的秘密，你以往的辉煌

此时，我轻抚你满脸的皱纹
想象你从星辰家族熔煅的瞬间

那一刻，你会不会懊悔万分？

会不会收获相遇人类的欣喜？

我读不懂你的心思，但我知道

曾经的星辰，带着超强能量

降临地球的你，一定会和我

共同没入花茶的清香里

忘掉或是记住了彼此……

2020 年 11 月 13 日

第四辑

况寂海底，千年还是数千年

时间的刻度虚无，空间也变幻莫测

谁也记不住，两扇同生共长的珠贝

何时苏醒？

三月，过隧道

车流涌向隧道
没有间隔的你追我赶
像是在变幻一个游戏
人们咧着无意识的笑
缩在金属的壳内逃避天光
此刻，只有墙壁在嘲笑
一滴水珠从灯边滑落

三月过隧道，静谧里
城市最集中的车展无人欣赏
车的标志上闪过冷光

我坐着朋友的奥迪
在隧道的中段晃了一下
一只白色猫咪蹲在道旁

眼睛惊恐地圆瞪着——
见不到三月的天了
猫咪感叹的气息穿过玻璃
拽痛我的身体和心灵——
谁能抱它重新回到草地上
让阳光梳理它的毛发？

于是，我们开始行动
从隧道反复出入，像失魂的猫妈
紧急车灯让尾随者胆怯地躲开
猫咪，我们来拯救你了！

三月的轻风破洞而来
车与车的间隙拉远
第三次进入隧道的我们
怎样狂奔也不见到猫咪

它——无助的猫咪
一定是回到春光里了
拯救猫咪的人有许多
这座城市，这条隧道
因为猫咪的存在不会冷漠

2007 年 3 月 2 日

黑夜之城

黑夜之城，一群行走的人类如繁星
闪烁无语的世界，想象开始灵动
所有的花儿缤纷起舞，如精灵
所有的色彩沿着音符延伸
画笔，透过心窗在天地间显露温柔
此时的温暖与柔情融蚀了利器
薰衣草和雏菊化作一湾池水
浸润浅浅的春天，牵来夏季

还是黑夜，所有的伪饰品如枯叶
跌落根深叶茂的大树，真情回归
芬芳宛若天空飘散的长发
缠绕起没有终极的思绪，或者

生长或者逃脱，都是大地
源于远方的梦想紧逼在了眼前

于是，等到黎明敲开窗扉
等到凡尘的燕子火焰般升腾
黑夜终于瓦解分裂，终于消散逃离
数不清的精灵穿越城市的门槛
倒伏一片金黄的麦地，瞬间
被天空与大地顺手拾起，再拾起

2007 年 6 月 25 日

地铁站台

地铁如同云豹穿越暗流

倏然停靠，站台只剩下穿梭的人影

晃动不歇，熙来攘往

墙角，广告框中的一朵花悄悄盛开

花儿伸出迎接的手臂

安顿云豹疾飞的情绪——

停下吧！停下你所有的奔跑

再快速，你也见不到天空的湛蓝

城市分派你的运作

就是倒伏地底的一个鞠躬

让鞠躬的你去亲近玻璃里的花朵

依旧，减速紧接疾驰

云豹没有回头的闲暇，惟有奔跑

转眼间，它褪下满身的花瓣

花瓣在站台上一片片洒落

从广告框中伸出的迎接

揉搓一起，像是一幅现代油画

也像是一段古典舞蹈

描抹猎豹与花朵相遇的情景

热烈又冰凉了站台

2007 年 9 月 27 日

书橱开了

河流，此刻文字的河流冲腾澎湃
无数的隘口敞开
书本似竞渡之舟驶向远岸

远岸，青草茂密的远岸
孔子的篷寮垒满条理
杜甫的草堂诗稿丛生
亚里士多德的逻辑牵手诗学在堤边游说

岸上，阅读的眼睛从此不再闭合
是谁第一个看见书橱开了？
幸运的人啊，智慧花束的微笑
给予他摇动船桨的力量

2008 年 10 月 30 日

熄灭，为的是点燃

当灯盏瞬间熄灭，我看见——
屋宇暗淡成虚拟的花
岸边的树木也迷失在海一样的深处
没有光亮，我的家园和我的城市
却在今夜点燃另一片火焰

我看见——孩子们高擎的烛台
像点点升起的星辰，那是守望
守望家园和城市，还有心灵的湖泊
在无限的守望里获得纯净
纯净得令我找不到形容的语言

我看见——所有从黑暗中睁开的眼睛

带着共同的表情，发出心愿

珍惜地球的脸面和内心

2012 年 3 月 31 日晚上八时

珠海熄灯一小时

午宴的故事

怀旧的咖啡屋蹲在街头一隅
如同目光混沌的老者，他
空虚得不知是否还会惊慌？
店里，干枯的万寿菊落满尘埃
与我端坐同一张桌上，久久相视
两颗痴迷的心，透过春天的薄雾
等候午宴来临，就像等候爱情

等候，却总被失望之绳鞭挞
我与万寿菊的脸面已不成模样
逃脱的午宴，恍若一片蚕蜕之翼
倏地钻进光阴悄然折叠的纸鹤
不见椅子移动，没有菜单翻转

盛满寒意的杯盏，哑然

我想，午宴正躲藏街道的另一端
语无伦次地杜撰爽约的谎言
毫无意义地铺展一具沙盘
和海边临时飞近的鱼玩起了游戏

午宴就那么轻蔑我与万寿菊吗？
我俩的等候，早融进春天的薄雾
变幻成为远方看不清的水滴
怪诞的午宴，爽约的谎言不堪一击
甚至不明就里，没办法注释标签
这会儿，屋里的木桌上杯盏摇晃
图案消散的卡布奇诺，安静无声
重新洇染万寿菊的干枯，还有我
从此不再等候的那声叹息

2013 年 1 月 22 日

追寻时光之影

沉寂海底，千年还是数千年
时间的刻度虚无，空间也变幻莫测
谁也记不住，两扇同生共长的珠贝
何时苏醒？谁也不知晓相濡以沫
磨砺成珠的日月贝
是在某一天的哪片海疆
升腾至南海之滨的岛屿？

像天神捧出奇妙的宝匣，谜一般
日月贝拍击浪花，迎接断臂美神的诞生
去展示一幅柔美的图画，傍海而居
两扇撑开白色壁垒的贝壳，如同影壁
映照渔女守望远方的神情，彼此传递的

安宁与喜悦洒落一片沙滩

从此，日与月永不竭尽的辉煌

以珠贝的模样美丽了香炉湾

日月贝，一个极其简约的名字

一个伴随浪涛起伏的生物体

珠贝以自己的存在化为表达——

音乐以符号标记临山听海的故事

舞蹈以线条编织繁华似锦的诗集

在香炉湾，仅仅相隔一座百米之桥

一边是鸥鹭起舞，一边是紫荆花开

天海之间，日月贝追寻时光之影

昼夜不歇，以灵动如风的姿态

散发万束遗世独立的光芒

一时素雅一时绚烂，色彩多样的装扮

引领人们去艺术的殿堂

去探索艺术究竟"如何让人成为人？"

深刻的哲思参透命运轻重不一的呼吸

穿过珠贝谜一般的气息，我们看见——

时间和空间正邀约天云山林海浪

从虚无变幻的门洞走进走出

进出的脚步踏上音乐舞蹈的高台

源于"珠生于贝,贝生于海"的日月贝

朝夕相伴,存留波光月色的香炉湾

2017 年 1 月 1 日写于珠海大剧院

人工湖边

此时，天空掉进湖泊
伸向水面的手铺展一片温情
鱼群涌动，像赴一回集合
摆动的尾弹奏欢乐的吉他
愉悦渐渐升腾开来

鱼儿追逐天空的赐予
喂食者羡慕鱼儿的自由
迷幻行走在两者之间
看不清彼此的鱼与喂食者
如同跨越水岸之隔的朋友
伸出双手也够不到彼此

许久，湖泊宁静了

悬在高处的天空在猜想——

是某人喂饱了鱼

还是鱼喂饱了某人？

湖边，蔓延一个柔软的故事

擅长描写情景的诗人

不知用怎样的语言去表达？

2017 年 3 月 19 日

无　题

站立山坡，你的心还会四分五裂
似花瓣，散落一地的孤独？
不会了，你说至少此刻不会
黄昏，城市像沉甸甸的包袱
裹着高楼与道路，藏匿山坡背后
命运也恰似一个包袱
里面裹着必定要承受的痛苦
尽显人生悲欢，令暗夜绵长

阳光下，与秋风共舞的敕勒草
挥着锋利的刀，划开包袱的沉重
抛弃那些高楼与道路，还有
必定要承受的痛苦

包袱里，命运变得轻柔

宛若远方从山坡上飘过

远方那么近，那么悠然

没有边际的爱，是远方赠予的礼物

你的心还会四分五裂，似花瓣

散落一地的孤独吗？不会了！

远方，带着温存给你回答

2017 年 9 月 20 日

航行和荡漾

——写给格里芬乐队

航行大海，太阳从浪涛的袖口滑落
进入黑暗的船舶
驶往无边，无边就是激情荡漾
荡漾你们破浪的旗帜与胸襟

不再画地为牢，不再恪守岸堤
去大海的深处，揭开一个个隐秘的洞
去历史的库房，翻阅文字以外
属于存在的真相

然而，黎明总是如期来临
船舶于宁静的海湾接驳了光芒

光芒里，航行和荡漾成就了

你们的音乐，还有独特的思想

2017 年 9 月 29 日

双城记

总在路途，歇息是金贵的字眼
一处灯光变幻另一处灯光
一个居所覆盖另一个居所
相遇了来去匆匆的许多人
却没有一位有清晰的面孔

最为模糊的是清晨，醒来时
墙上的挂钟换着脸面向我发出嘲讽
迷茫，像云团一直挽紧我的手
我问，窗外那株木棉为何变成紫荆
薄了花瓣淡了颜容？

还好，每天行走的路途不会陌生

穿过的是浅显的水滩

回望的是低矮的树林

种种念想化解奔走的虚空

2017 年 11 月 23 日

历史像散乱的石子

（珠海唐家湾，大小不一的多个村史馆吸引了我。
每一馆，历史都那么凝重而鲜活）

有时候，历史像散乱的石子
顽皮地跌落遗忘的草丛，不知去向
遮掩随之而来，还有根与枝的断裂
如今荆茅早已没过前辈踏过的小路
惋惜得意地化作果核，风干空中

某一天，草丛里扑腾地翻出个石子
石子如同天真的孩童，举高手臂
敲打一个又一个村史馆的厚墙
用紫檀木钉上北沙村的家训

挂牢一帧会同古村落建筑的图样

此刻，历史忍不住咳嗽了一声
仰望真实的大树，站立高高的屋檐
朗读封存已久的秘密，因为它不想
成为风干的果核，不想再被深度遮掩
不想被唐家湾的那片阳光遗忘

2018 年 7 月 23 日

隐秘的陈述

将凝聚忧伤的石子砌成一条道路
我尽力去奔向前方
前方是孤独的没有栅栏的花园

去花园变成一只复眼的蜻蜓吧
推开无数的窗，光明翻开深厚的泥土
泥土沉重的覆盖之下，我倾听
一段从未知晓的关于春天的陈述
那陈述，隐秘得不可思议
像是一个埋藏千年的神器，带来疑惑

这里的春天，有光芒有流水
有一匹飞奔的马，神采奕奕

它正伏在蜻蜓的莹翅上
穿过太阳的门框回望花园
花园里只有我孤独的目光

这时，花园的新叶悬挂一束虹影
虹影碎裂成湖水的浅波，闪烁亮光
我的手伸往前行的方向，是隐秘
用无比的力量拽紧我的心

心搁置水中，融入赤橙红绿青蓝紫
没有止境的变换，跟随冷暖的讯息俯仰
湖水的柔波里，新叶旋转漂流
色彩在更迭，心在沉浮中消失
一双跌落水域的眼睛睁开着
随荡漾的湖水见到春天的微笑

2018 年 8 月 16 日

还在牢牢地铭记？

岁月不会只是影子

痕迹正烙印变幻的时空

还原过去，一片生动的光影

2018 年 10 月 14 日

晌午的邂逅

太阳瞌睡了，躺倒秋天的晌午
光芒里，你晃悠悠跑向公园
蹲下，说灌木丛有蜥蜴爬过
你的惊讶，截断动物的呼吸
木槿与蜘蛛兰瞅了你一眼
将一剂凝结自然芬芳的安定
注入你的肢体，令你驻足

针剂，无非装着清凉
它穿透皮肤与脏腑，直至头脑
以静谧之手梳理散乱的发髻
提醒你远离喧嚣，贴近泥土

此时，人的身影飘动风中

绕过丛林，走进绿萝缠绕的书屋

窗外，时光的花束在树间舞蹈

花束上空的云朵在蓝天游弋

于是，迷惑总是不期而遇

未知化作诱人的气息，猫一般

带你迈出门槛，去卧伏绿茵侧耳泥土

你听见蜥蜴在絮叨——

花园的晌午属于秋天

2018 年 10 月 17 日

城市路语（四首）

1. 出逃

夜宴摆在酒气迷乱的地方
街道窄小了，气流停滞
车辆在叹惋行走的方向
灵动的思想固化成盘中的鱼骨
报纸上的诗飘浮成网上的文字
模糊成片的是眼睛的盲区

此刻，离开是唯一的选择
每一滴降临的冷雨都生硬
城市的疲倦罩住睡去的芳草

有一个声音在催促我离开

然而，出逃似乎没有方向

精神散乱如蚁，找不到自己的洞穴

只有睡去，梦的脚步总是高远

2003 年 8 月 24 日

2. 一只高跟鞋的方向

无法想象一只鞋的主人

将一只黑色高跟鞋

撂向道路中央的主人

反正我猜不出

——她会是怎样的模样？

时光停滞，我的疑惑长成青藤

漫漫青藤穿过车窗

相约除夕中午的太阳

一道爬往高跟鞋的方向

此时，青藤与太阳

遇见了一个非常孤独的灵魂

那鞋的主人正准备撂下另一只

去破碎除夕的太阳

两只鞋的团圆果真如梦境

躲在不可企及的地方

对于一只高跟鞋的主人

我梳理起疑惑的青藤

我阅读着除夕的太阳

还是无法想象——

鞋的主人是啥模样？

2005 年 1 月 28 日

3. 过斑马线

一座城市，车来车往

转数表的指针没有缓慢的想法

车的两只笨眼发出惨白的亮光

横扫斑马线，狂妄地

把行走者视同细小的蜉蚁

此时，生命很轻飘

路面，匍匐的斑马揭开黑白相间的布褂

愤然站立，像一个出征的武士

驮起老人、小孩和我

带着万般的失望逃离城市

2013 年 10 月 27 日

4. 拐杖之声

擦肩而过，秦叔敲打地板

震动从他的指骨发出

像一首弹奏生命的乐曲

拐杖叩响活着的意义

春至冬，从没有停歇

拐杖是唯一的陪伴，是坦途

秦叔竭力跨过门槛

让"噔噔"之声抖落，此时屋的角落

一只慵懒的猫挺直身体

滑过秦叔抬高的脚背

而我，躲进猫咪构造的虚无
听见秦叔的"噔噔"之声
正摇晃时空交叉的那根绳索

2018 年 12 月 12 日

窗外夜雨

很奇妙，夜晚似一只捕风捉影的猫
溜进唐家老宅，握紧蘸满墨汁的笔
涂抹窗外的天地，模糊骤来的雨
屋檐上，雨点变作鼓槌在敲打
不见模样，却听见时轻时重的声响

凉风里，老宅子不声不响地弯下腰
像极了离开久远的祖父
闲坐灯下，他点头晃脑地读着旧时光
那清晰的影像，隔断了窗外的夜雨
眼前，一缕香伴一杯茶
香与茶，都是清明节开出的花

2019 年 4 月 5 日

灼　伤

一个月前，听到新闻预告
说是日食将要来临
那天，眼睛跟随大脑
同时懵懂，理性的如羽毛
思想如鼠滑溜进荒地
清醒的神经断裂
常识，不知掉在了哪里？

那天，眼睛比平时都盲
不会躲闪日食的亮光
以为天空真正是暗了
以为太阳真正是黑色的
如蛇一般走动着的阴影

引诱我的仰望!

于是,我付出没有过的亲昵

期待在天狗吃日的瞬间

将目光变作花束

投给日食时的太阳

最后,我的眼睛还有心灵

却被非常态的光明灼伤

2019 年 8 月 8 日

九月十五日

深夜，驶往广州南的地铁
空着冰凉的椅子，像是盛宴散尽
重叠的人群已踏上归家的路途
是一阵秋风卷走高峰期

此时，两位青年并坐一起
朝向对面快速后退的玻璃窗
瞧见一高一矮的卡通人像
艺术地贴进暗底的画框

两副眼镜模糊了彼此的眼神
两只口罩遮掩了各自的表情
这个九月十五日的夜晚

却有一番话在耳边响起——
艰难的日子，能相互怜惜就好
失落了恋人，还能向往爱情就好
就如前行的地铁，永不停歇

2020 年 9 月 15 日

第五辑

所有的往事如斑驳的墙影遗落

而你走向梦与非梦的情境

是阁开孩提时手捧的储蓄罐

栗子树和她

栗子树行走在花开叶落的路途
恰似一群瞌睡的虫，蜷曲沟壑
随着太阳东升西落的手势，晃动身影

她紧跟太阳，与栗子树同睡同醒
将慵懒嵌入石头嶙峋的皱纹
选择一种相隔，躲避深山的火焰

石头，终究包裹不住火焰
无数按捺不住喷薄，冲破瞌睡与慵懒
化作狂风，摇撼森林
起舞的姿态激荡她，和栗子树

她和栗子树从未想象过火焰

也许躲避只为解脱，如同陶土——

不可能绕道炉膛，放弃燃烧的梦

2007 年 5 月 29 日

面具起舞

邻家的窗户开了又合
"啪啪"的插销塞不住雨点的穿梭
此刻世界与你隔着真与假
你在雨夜，请傩戏开场

戏中人的形神晃晃荡荡
面具罩住一个灵魂
假得不能再假的言语
划乱沉闷的夜空
言语与雨狂舞不休

表演还是到此为止吧
开场就意味着收场

你虚妄舞步比傩还怪诞

天与地连同蚂蚁不愿看清楚

昨晚邻家淋湿的模样

她，一个躲到角落的魂魄

却与傩聊了整晚的黑话

等到日出，蚂蚁开始搬家

远离一个面具罩住的邻家

将虚妄的雨夜搁下

行走远方，寻找另外的家园

2007 年 9 月 27 日

归　宿

某一天，城堡与山峦远去
所有的往事如斑驳的墙影遗落
而你走向梦与非梦的情境
是揭开孩提时手捧的储蓄罐
让贮存心域的秘密盛开花朵
去赴大海的约会

从此，灵性释放——
花朵的摇曳连着波浪的旋转
那如同青花瓷瓶的缠枝莲
早已将生命的火焰
变幻出最细微的牵绕
铺满画框的皱褶缎带一样

滑向天空的高远

掀起海水的浪漫

宁静中，我看见——

你用金辉点染了海面

那是波光粼粼的起伏

你以白云追逐了浪花

那是绵延不绝的晃动

所有大海的表情

凝聚了圣洁的气息

去迎接邓肯一般的美神

让海面化作舞蹈的天池

于是，归宿来临——

带着心灵陶醉的梦想

与大海相约相伴

一片海水，会是生命的记忆

一朵浪花，会是永恒的誓言

2008 年 9 月 17 日

黑色水缸

阳台忽然暗淡了
倒置成一个黑色的水缸
所有的花与叶萎靡为白肚皮鱼
漂浮死亡的水面
连沙漠中翘首的仙人球也瘫软了
化作一摊浆糊

此时，那善意的老者仍浇着水
一直将蓄积的心湖放到枯竭
以为水是花与叶唯一的拯救
这单行线一般的爱与祈祷
加速了花与叶的消逝
仙人球跪着恸哭人类的好心

黑色的水缸霸占阳台

由水推动着魔幻，张开了暴力

不再需要水的花叶与仙人球

抬不起头，失去抽搐的力气

死亡的影子却凑近善良的脸

它在窃喜，像一朵罂粟花

好想模仿一回司马光的做法

去砸黑色的水缸

我听到我尖锐的声音"嘭嘭"作响

冲撞父亲的花壶——

阳台的生命是浇死的

你那单行线一般的爱与希冀

替不该死去的生命亮了红灯

父亲拎着花壶的右手

从天空缓缓滑下

2008 年 10 月 3 日

爱瓷者

气息断了，青花裂在旧式木桌底
爱瓷者垂吊双手无言地晃动
以为粉碎的梦可以修复
还会是明清两朝的光阴吗

丢不开的那一丝哀切
如同祖辈再祖辈的把玩人
目光飘浮青花的魂
此时，让不死的心情
一一化作泥浆，将残存缝合

青花怎能理会拯救的意义
轻声的叹息也留不住

噩梦撞击的伤痕

碎就碎去吧，前方没有来路

面对一只瓶的还原

破散了爱瓷者的心力

一地的碎片中，我看见一双手

也裂了疼痛的口子

血，浸透旧式的木桌

只有木桌听得到——青花在哭

2009 年 6 月 15 日

红月亮

夜晚花匠老翁醉了，倒伏花圃
宛若垒高的一座石像，没有言语
月夜乘虚握紧玫瑰园的钥匙
似隐似现的门瞬间敞开

精灵们自由了、纷乱了
飞往高悬的月亮
升腾的梦想化作点滴光芒

月之中，桂花老树伸出枝蔓
等候玫瑰的来临
嫦娥吴刚抚去寒风的寂寞
丢弃了千百年的守望

编织成一个金边的花篮

载满人间的芬芳

玫瑰，久违的花之精灵

晃动浪漫的流水

驱散月中人古老的遗憾

此时，花匠老翁醒了

无语的石像发出疑惑——

我的玫瑰去了哪里？

精灵们真正自由了、纷乱了

玫瑰簇拥月亮的花篮

那赭红的颜色，华美又高贵……

2009 年 8 月 12 日

拉近的时空像灯盏

相隔两千余年，光阴穿过云烟
穿过史书文献，我们拜读屈原
从幽怨《离骚》，到神乐《九歌》
从解惑《天问》，到超然《远游》
《楚辞》，种种事理与哲思
像迷雾，笼罩时空的长河
长河随波浪舒卷——
"折琼枝以继佩"，"溘埃风余上征"
诗人以万般柔情，携桀骜之气
褪去光环，从此广漠的大地上
行走着一个觉醒的孤独客
一个倾慕大自然的自由者

这一天，屈原迈出宫廷的石阶

官袍似影子散落，堆放高墙一隅

踏着青艾丛生的小路，奔向田野

这一天，楚国的天空会不会湛蓝？

还有流淌的水，不知是怎样的清澈？

翻开《楚辞》，我们闻到楚地的芬芳

读到晨风中，江蓠与香芷点染他的衣裳

看见暮霭里，木兰与杜衡佩戴他的胸前

一个绝不愿被王权束缚的诗人

一个觉醒的孤独客，他沉浸大自然的怀抱

收获生命的价值与精神的高贵！

相隔两千余年的今夜

光阴穿过云烟

我们穿过史书文献拜读屈原

拉近的时空像灯盏

照亮《楚辞》每一篇章

独行一生的诗人离我们很近

2011 年 6 月 6 日

寂静的背影

(百余年前，珠海前山沥溪村，苏家巷的青砖上留下近代诗僧苏曼殊少年时离去的背影)

无论什么时候去，麻石板路
青砖黛瓦，青铜雕像
还有沉默的图书和泛黄的国画
归于寂静，显现悲凉

透过青涩的杨桃，金灿的菊花
黄昏里，有三郎咽下的泪滴
铺开一本《断鸿零雁记》
微风间，有孤舟溅起的水花
荡起一幅《琵琶湖游记》

泪滴和水花挤挤挨挨，浸染了苏家巷

今日，我们走进寂静的深巷
仿佛看见清苦才子少年的背影
他缓缓地离去，从没有回眸
如云似梦的故乡，一直留存
在他多彩人生和多舛命运里

2017 年 2 月 25 日

精　灵

亘古带来人类的初始
它，一直会是我迷恋不已的意象
是无人的荒原莽林、悬崖峭壁
还是与人共存的江河湖海、大洋冰川？

我想，无论亘古究竟会是哪种呈现
在这万物有灵的上古意象里
肯定会有数不清的精灵上蹿下跳
将生命之中的无拘无束表露无遗

《山海经》里的精灵，我爱你！
《荷马史诗》里的精灵，我爱你！
你在凿开的天地间从白天走向黑夜
又从黑夜走向白天，没有半点踟蹰
因为前方，总有透过洞穴的光芒指引你

不过时间有些冷漠

停不下的针尖会消散你、会凝固你

每一天的最后六小时，精灵的最后六小时

比如，世界的最后六小时

它会忘却钟表上的刻度，不动就是不动

山岭深处，嶙峋的峭壁向所有的目光

传递一种命运的无常，我看见——

那片深褐和乳白的混合体上

精灵紧贴山体，和衣而眠

此时的精灵，疲惫了，安静了

深沉地睡去，不知天高海阔地睡去

时间对于他是最后六小时

不过，精灵是幸运的

当星辰还没有远去，太阳还没有升起

他却无比欣喜地沉入亘古

在最后的时间里获得

最后的空间——自己的归宿！

2017 年 9 月 15 日

死　角

清晨堆砌一团迷雾制造死角
太阳特别没有力气，道路的拐弯处
你随风倒下，自行车也倒下
没有任何目光包括城市镜头
看见你如何遍体鳞伤？

那一刻所有的视力是盲的，只有云朵
散淡在时间的深处，还有狂风
钻进头颅，将记忆之布撕成碎片

爱人来临，呼唤再亲近也遥不可及
孩子高举的灯盏明亮无比
却照不见你沉睡的海底

脆弱的知觉被死角逼迫，不堪一击！

此时忘川之花盛开，你踏上花径
不懂欢乐不晓痛苦，退回婴孩的梦床
那里死角影子般逃逸，寂静丛生
一束另类的光芒穿越湖泊
攥紧你，将你照得通体透明

2017 年 12 月 4 日

孤独的花朵

（翻阅传记，读到才华横溢的粤剧编剧天才唐涤生
的故事）

时间倒转数十载，他走走停停——
从唐家到上海辗转香港，逃脱战乱
命运被纷扰裹挟，穿过无数动荡不安
以文字凿开一片天地，让精神的屋宇
垒满迷离的人生，剧情蜿蜒崎岖

于是，拽着历史的巨大背影
他编撰传奇，那些跌宕起伏的故事
浸润白话的婉转音韵，唱念做打的功夫
倾倒喜爱粤剧的观众，在掌声喝彩里

他退回寂静的内心，开出孤独的花朵

透过茫茫云雾，他仰望牡丹亭的翘檐
接住青鸟滴下的泪珠，在惊梦之园
摘取愁绪织成的纱巾，还原一场美梦
投身六月飞雪的寒意，替摧残找到尊严
循着古典的文脉，从文字的背面滑落
没完没了的忧伤来到眼前，拟古喻今

几番春去冬往，孤独的花朵搁置戏台
"落花满天蔽月光"，一曲哀怨无限
悲惨似花，像命运的泪点遍及天涯

2018 年 4 月 17 日

白发遗落石阶

岁月是看得见的，如同你的白发
如同月亮四周的光芒
夜色下，白发遗落石阶
明亮的月与稀疏的星伸出手
收藏了你一生的清凉

你说今夜，岁月从天空降下
像花影般虚幻地散了
悲苦早已不再沉重
欣喜也不再飘浮
生命中理不清的片断
和剪不断的往事，一一淡忘
连书案上的文字也模糊了

唯有善与爱盛开的花朵始终芬芳

花朵正穿过窗棂投来幽香

还回你岁月的沧桑

也许，你一直在追逐岁月

于美好的梦想里，阅读沧桑

岁月也一直在追逐你

给予你温良中的坚强

正如今夜，岁月恰似花影

恰似秋天的月色与星光

2018 年 12 月 3 日

老虎扮演者

舞台前，孩子们搬来高凳
端坐夜晚，期待和我的童年一样
总想在某一天相遇奇迹
记住那些已知与未知的时光

夜晚渐渐来临，我透过幕布缝隙
看见一片沙滩正安静地候场
远处，大海推举浪花在涌动
像是我喜欢的另外一个舞台

下一刻，远离大海的森林会来
峰峦会来，扮演老虎的我会来
无数的神秘，于幕布开启的瞬间会来

雄浑的音乐响起，我披上虎皮阔步舞台

如风的疾走与停顿的傲视，摸爬滚打

呈现山王之势，故事演绎老虎率领动物们

逃出森林之火，在灾后重建家园

一种英勇顽强是剧情的表达

此时的我，就是真正的虎

就是真正意义上的威严！

那一刻观众站立，孩子们在呐喊：

我爱老虎！我爱老虎！

我的内心也在呐喊：我爱这样的老虎！

落幕后，孩子们踏着海水的波光走来

到一座安静的森林，抚摸老虎烧焯的皮毛

一直蹲着的我，不言不语一动不动

仿佛童话中的老虎就是我

山王的喜悲如同人生，谁也没法探究

2018 年 12 月 25 日

听墨迹语

竹帘半掩，墨迹着落宣纸
我俯下身，去欣赏力透纸背的文字
那些"篆隶楷行草"正列着长队
铺展"德仁忠孝廉"的横竖撇捺
将一本华章留存青砖黑瓦的宅院

这会儿，端砚一定是忘却了
曾经是河中石的自己
这会儿，宣纸也完全记不起
曾经是青檀皮的模样
还有我，仿佛相遇隔世的情缘
一直站在不言不语的端砚旁
静观文字的呈现

听墨迹洇染时的微音

哪怕是微音也有清响

2019 年 6 月 17 日

第六辑

天空下，大海听不清鱼的声音

那声缥缈的话音，随风浪消散

海却听到珊瑚的嘲讽、水母的偷笑

上与下的相视

两只狗从远处跑来
像两团黑色的圆球在沙丘滚动
沙丘不再沉寂，抬起头
四千余年的光阴之车，发动
开启前所未有的感动

上方，狗正俯首古老的沙丘
下方，陶片伸出史前人类的手臂
与海浪打个招呼

远古走近，陶片醒来
沙丘像是遇见熟悉的朋友
将柔情荡漾成细软的绸缎

留住狗儿离去的脚步

上与下的相视，生机连同破碎

把穿越漫长岁月的对话

写满横琴赤沙湾的天空

2006 年 8 月 18 日写于新石器时代晚期遗址横琴赤沙湾

谁读懂了蝴蝶

过了两千年，站在时空的书架旁
谁听清了蝴蝶的轻声细语
谁读懂了蝴蝶思维的蜕变

某个夏日的下午，天空晃动亮光
记忆之书翻到了读过的页面——
庄周斜倚岁月爬过的石墙
摇晃半睡半醒的紫藤，对大地说
翩跹，蝴蝶另外的一件衣裳

拾起蝴蝶的衣裳，翩跹降临
天空与大地重叠的瞬间
生灵开始舞蹈，像醉醺醺的花朵

此刻，太阳的唏嘘之声滴落翅翼

翅翼之上，光芒来来往往

游走下午的梦园，太阳炽热

庄周追逐纷飞的蝴蝶

依旧读不懂虚幻的翩跹

透过紫藤缠绕石墙的缝隙

大地迎接轻飘如云的花魂

花魂里听得到蝴蝶的浅吟低唱

从此，命运的神奇密码悄然译出

翩跹是天地的共同作品

是时空替蝴蝶编织的彩色衣衫

2006 年 8 月 31 日

黄昏里的石溪

已是黄昏，隔着竹影听流水潺湲

此时，流水凝结风骨发出感叹

感叹随一尊觞淌过曲径

却不见岸边把酒吟诵的先贤

幽深处，诗文萤火般贴紧岩壁

隔着一千五百年，逸少与逸卿以书为语

对饮当欢，将孤独与悲悯放牧山野

挥写漱石、枕流、琴泉和急湍

了却世俗的尘嚣，在动容的惜字里

描绘"一笔鹅"，换取名士的清高

和后人的惊诧，怀思永久而平淡

2013 年 4 月 12 日写于珠海山场石溪"亦兰亭"

看鱼儿游走

高挂天空的窗漏了
雨水伸出无形的手
拉开关闭的门，插销跌落
惊醒了花蕊，还有水波

江河狂涨涌动的潮
鱼儿品尝雨水的咸味
感慨万千地沉浮
在新鲜灵活的水域
晃荡着它们的鳍
与困顿屋中的我相比
接近自由的是鱼儿

远望灰蒙的天色

雨水的手没有停歇地舞动

摆出很不好商量的样子

不按时分，我看鱼儿游走

2013 年 7 月 20 日

鱼并不认识大海

鱼游走，像一个梦呓的行者
将思绪的花束散乱成泡沫
鱼说，游弋汪洋的水域
自己并不认识海

天空下，大海听不清鱼的声音
那声缥缈的话音，随风浪消散
海却听到珊瑚的嘲讽、水母的偷笑
它们睥睨鱼的无知与蠢笨
想不到，徜徉大海怀抱中的鱼
呼吸在生息所依国度的生命
竟然那么的不知道大海的存在

只有大海是不会计较与气恼

海终于躲到天空与大地的外面

敞开宽厚的衣袍，把轻柔的拥抱

还给了值得呵护的鱼群

2017 年 6 月 24 日

雀儿破壳

雨水被狂风拉成线条

缠绕树林，让巢穴变作泽国

老雀泪流满面，隐忍淋漓的寒冷

卧伏水与泪交织的困惑

在天空下，等待雀儿破壳

树枝摇晃，危险利剑一般刺过

阳光去了哪？温暖如同泡影

老雀撑开湿透的羽翼，听大地叹息

只为雀儿，只为那声低啼

最终瞬息穿越恒久，破壳来临

2018 年 5 月 17 日

燕子撞击悬崖

无法前行，悬崖嘲笑的声音
虚拟了一面易碎的梦之镜
此时，峡谷的狂风击破岩石
迫降漫天雨雾，苍穹暗淡
阴霾的厚帘遮蔽了燕子的眼睛
那从死至生的念想，轻薄起来
被没有边际的险恶捣毁

拯救开始，展翅的巨鹰飞来
它用坚硬的双爪，搭高天梯
腾高力量，搏起的燕子看见平原
——恐惧消失，悬崖也消失

2018 年 5 月 18 日

蚂蚁的变幻

选择怎样的变幻，才能细如蚂蚁
钉牢一株最古老的藤蔓
没有声息地安顿下来

灰蚁在藤蔓的豁口处清醒
天空替大地镶嵌梦的镜框
将无数渺小的躯壳框住
框住的是一个别样的领地

蚂蚁迷走承载事物的疆域
那坚固的城池，包揽泥土的芬芳
太阳的骇浪，月亮的陶片
连同虬枝与生命牵手死亡的灵火

许多难以用语言归结的事物

被偶尔遇见的某个上午，挽留

整个上午，天空俯瞰大地

与蚂蚁同行，摇晃梦想的藤蔓

构筑崭新的世界，大地聚结光芒

如同艺术的痴迷者仰望天空

画出不可分辨的线条和色块，变幻

像一束绽放蚂蚁前额的花朵

于是，高远与浑厚重逢的途中

听见天空对大地轻声絮叨——

变幻，多么神奇而又多么短暂

2018 年 7 月 23 日

橱窗·猫

橱窗在街道的拐角处卧倒

等待一只猫的停留

夜色提笔描摹深邃的景致

安静如水影，点染画中

时间悄无声息地来临

恰巧有猫踮脚走过

消逝喧嚣的橱窗伸出头颅

瞅见沉默化作包袱

正由这只猫驮着，来回踱步

橱窗等待一只猫的停留

就是等待希望结识的沉默

瞬间，无法表达的情绪像绳索

捆绑白日里高亢的喉咙

没有了喧嚣，猫始终驮着沉默

来到橱窗的面前，带来陪伴

——温暖而厚重

此刻，失去声息的时间

打起手语的旗帜，温情地告诉我——

沉默已从猫的背上滑脱

跟随晨曦而去，喧嚣拍起了手掌

2019 年 9 月 27 日

白海豚的声音

海水退去，一只庞然大物
却没来得及退去，此时
顺流而下的本能十分恍惚
锈蚀在错误的选择里

沉睡用谎言编织了纱幔
迷惑起通往活着的路径
睁开双眼的她，躺倒一片金黄
太阳烤灼粉色的皮肤，此刻
浪涛去了哪里？"嗤嗤""嗤嗤"
白海豚发出声音，期盼拯救降临

他来了，他们都来了

所有的爱意覆盖海滩

所有的力量托举生命

迅速开辟水道，让她退去

向大海深处退去！退去！

连连不断的"嗤嗤""嗤嗤"

那是白海豚快乐的声音

2019 年 10 月 17 日

遇见黑天鹅

池塘边，黑天鹅蹲着一动不动
莫名的呆滞，像一句丢失的赞颂诗
散落在初夏的水湄

远处，白天鹅轻盈起舞
以柔美的姿态接纳不停的喝彩
此起彼伏的呼喊，欣喜而热烈

我也蹲着，被莫名的呆滞击中
是遇见，让我从黑天鹅头冠
唯一的那点红，读到喧闹里的寂寥

2019 年 12 月 8 日

第七辑

隐去了天空，隐去了街市
暗墙砌成的过道上
岁月翻阅爱的诗抄

不会陌生

走进敞开的门，见到了你
时间的摆，退到灯光的后面
停下，甚至锈蚀
所有晃动的面容
会不会像街上流过的陌生

只有眼睛，此刻的眼睛
聚集的光芒驱赶陌生
留存心底三十年的名字
是熄不灭的炭火
瞬间燃烧一种光芒

不会陌生，熟悉是淌在灵魂的小溪

三年的青春课堂

三十年的风雨里程

同一个种植园萌芽的你与我

不论在哪片土地

生长或是老去

你与我一样是亲近的

如同昨天和今天一样

是紧挨着的两颗果实

2006 年 7 月 26 日

晴日忧愁起来

太阳晃动和煦的亮光
涂抹窗台，铺满书桌
母亲的信笺在灿烂里展开
顷刻，晴日忧愁起来

母亲说，家乡很寒冷
冰凌倒挂窗前
五十年不曾见过的雪灾
凉痛了世界，捆住了奔跑
道路冻结成铁板
车轮在铁板上失去摩擦
滑倒伤害了行人
困在屋中的老人和孩子

望穿天空的阴霾

祈望阳光来临

而阳光，不知躲到某个角落

冬季漫长而又冷漠

此时，惦记如草藤飞长

期待窗边的晴日

沿着母亲信笺里的字迹

作一次北上的启程

去我那遥远的家乡

重新收获灿烂

播撒温暖，不再忧愁起来

2008 年 1 月 13 日

镜 子

搬一张旧木凳
我与遥远的光阴并排
坐在老屋的镜子前

祖母走来，悄然对镜梳妆
宽厚的嘴唇在微笑
梳子滑动绵长的幽怨
此刻，时光像是散漫的沙砾
无言地划花镜面

镜子模糊不清了
旧木凳松动，我飞一般地逃离
灵魂高树的花朵，也纷纷逃离

镜子在逃离里顷刻粉碎

只有祖母隔世的笑颜

犹如存在的镜子，花影一样

许久，我梦幻般的形影

在镜子里飘来浮去

2008 年 2 月 22 日

左手右手

沉睡中，鸡毛掸子划过脸颊

左手醒来，抬一下臂膀

天空很重，垂挂海洋

云朵在天海撑宽的幕布上舞动

描绘温馨的花束，绽放生命

沉睡中，鸡毛掸子撩过眼睛

右手醒来，握住一支笔

跑到云朵的图画上捣乱，拓宽银河

阻隔相见，将遗憾涂满世间

冷漠苦涩，割裂情感

多么不同，左手和右手

像是来自宇宙不同的星辰

无法分离却永难融合

2008 年 11 月 28 日

紫荆花一样的你

——写给一周岁的肖可妤

那天，满城的紫荆花在悄悄絮语
像是谈论一个幸福的话题
你的妈妈是听着花儿绽放的声音
踩着一条紫色的花径
唱着歌儿去迎接你

那天，阳光站在冬日的天空微笑着
你妈妈的笑容与阳光相似
此刻，紫荆花与阳光一起在等待
等待你如期来临

你来了，紫荆花一般的女孩
第一声啼哭，将窗前的大树惊醒

大树睁开眼睛，在你花一样的脸颊
读到生命美好的诗句

今天，紫荆花再度开放
就像一岁的你在快乐地玩耍
此时，你牵着妈妈的手
追随爸爸投向你的呼唤
稳稳地，将一双脚踏在——
飘满紫色花瓣铺就的小路上

我看见，紫荆花一样的你
飞快地加入路旁花儿的谈话里
花儿与你共同守护着——
一个幸福的小秘密

2009 年 1 月 9 日

暗　恋

思维如蛾子远离

点燃的檀木游走屋宇

一双手纠缠上旧式木桌

翻动中，抽屉屏住了呼吸

一张泛黄的纸片掉下

狂草的字一行一行

无声地记载陌生而又熟悉的情话

此刻，陈年的酒香飘浮树梢

暗恋流着泪在说——

初恋的花蕊躲藏少年的花屋

花屋诱导我思维的蛾子

围绕木桌纷飞起舞

岁月的记忆去了哪里？

急写狂草的身影

带着翅膀又去了哪里？

2012 年 6 月 29 日

当喜悦来临

冬夜像一片黑色装饰物
隐去了天空，隐去了街市
暗墙砌成的过道上
岁月翻阅爱的诗抄
站成一棵阔叶的梧桐

那晚，当喜悦来临
星光也如约来临
此时，寒冷抵不住岁月的温暖
阴霾遮不了星光的明亮
冬夜消失的过道上
梧桐携手星光在奔跑、在微笑
像两个孩童迷失了方向

2012 年 12 月 26 日

蒲公英飞来

——写给五周岁的高煜越

你撑一把小伞飞来时
田野的风温柔无比
所有的草花哼起灵动的歌声
老树此时也从瞌睡的深处醒来
跟着你轻盈地飞舞
笑弯了腰杆，笑深了皱纹

你落下来，伸进深厚的泥土
长出小辫与兔牙
小辫是妈妈扎的，好像快乐的音符
跳跃在海边的沙滩上
兔牙是爸爸喜欢的
因为他也有一对同样的牙齿

有一天，不怎么说话的你

开始像一位演说家

滔滔不绝地讲述童话

将数不尽的幻想挂满飞翔的伞柄

整个世界里，只有你在起劲地飞动

像云雾一般，飘散生命的种子

种子兜着细碎的阳光

2015 年 11 月 10 日

雪　境

没过膝盖的雪

母亲深一脚浅一脚走过

一个生命离开子宫

巨大的幸福与雪花一样

柔软地将母亲包裹

那个傍晚，我撞进人间

降落雪地的刹那

寒冷不见踪影

产房旁站立的几棵梧桐树

摇摆着白色的枝干

看见我的母亲

抱紧了一团温暖

不久，父亲穿越雪地

奔跑而来

路过的梧桐树在催促

那一团温暖

正等待父亲骄傲的拥抱

从此，幸福给予我

雪花一样的柔软

感激父亲和母亲

他俩用挚诚的生命

与女儿相遇大雪的傍晚

2017 年 1 月 22 日

童　言

你相信，月亮有两个
一圆一弯轮流悬挂天上
圆月时，弯月与云朵去安眠
弯月时，圆月与星星去玩耍

妈妈告诉你，月亮是地球的卫星
你听不懂科学术语
只想到，月亮是两个顽皮的孩子
他俩在遥远的天际
玩着开心的游戏

我惊讶你的想象
愿意搭一条长长的天梯

让你与月亮相会

给那两个又圆又弯的孩子

找到从地球跑来的伙伴

这样，你会高兴吗？

2017 年 6 月 1 日

一堵墙对另一堵墙说

面对面地站着

天空看不清她们的面孔

更读不懂她们写下的孤独感受

所有的言语如干枯的枫叶

只有粉蝶翅上的灰

散布到墙的缝隙

根儿很浅的草

也跟着枫叶在墙与墙之间游走

灰草叶纷纷议论——

两堵墙与世界多么的不同

心底有话，不想再沉默

一堵墙对另一堵墙说——

不同，是我们精神的选择
即使天空读不懂我俩心灵的文字
自由的风还会在两堵墙之间
不分昼夜地吹动

2017 年 6 月 19 日

彼岸花

瞬间，彼岸并不模糊

像闲散行走的白鹭，轻盈地

随光阴远去，所有的悲喜暗淡

化作山岚上下升腾，无声地

描绘幻境，将花和叶分隔一方

不见你我，只有叹息望穿秋水

没有什么不同，却根本不同

此岸，花和叶相生相伴

可以依偎，可以在春光明媚时

吐露爱意，可以在风雨飘摇时

道一声珍惜，即使别离也是欢聚

伸出手，于同一片天空拥抱温情

彼岸，则始终将遗憾打结

用绳索拽紧花的叶，收拢叶的花

将永世相隔的悲情，一点一画

刻写在白鹭的脚印里，阅读时

所有的文字变作化石

此刻，各种未知将希望凝固

没有丝毫晃动的境地

花和叶无法冲破分隔

于永不再见的缝隙，惦念你和我

2018 年 2 月 14 日

淌过河床

时光挥动春天的手臂凿开河床

河床邀约波浪，蜘蛛般

没有停歇地编织梦想的珠帘

站在高处，岸生发孤独的猜想

哪朵浪花会一往无前

撞破岁月的谜幔？

淌过河床，我去看你

网状的谜幔敞开，秘密逃窜

河床任你握起时光的剪，裁出树影

让绵长无边的森林追随波浪

属于我的或浓或淡的花季

不知明暗地倒映河水之镜

显露一生不褪的爱恋

2018 年 7 月 5 日

月光编织细碎的流苏

那个瞬间，我的内心泛起迷雾
仿佛置身收割后的田野
——虚幻甚至寂寞
裂开的泥土，显露无比的干渴
像我遭遇的误解，或者欺骗
枯败的草叶，透出无限的失落
像我失去的健康，或者爱恋
跌倒的疼痛，加剧黑夜的刻度
然而，黎明总是那么迟缓
又那么遥不可及

只有母亲，月光一般的母亲
怀揣慈爱，推开云朵的厚墙

擎一盏高灯穿行夜晚的轨道

寻觅火种，给予光明——

月光拥抱里，我听见母亲的心跳

安稳的韵律平息难以除去的焦虑

月光述说中，我铭记母亲的叮咛

生命的意义，拓宽命运伸展的路途

此时，母亲携手月光行走天地

步履轻盈，身影柔美至极

藉着月光，我看见荷塘安睡的莲花

看见榕树丛鹤鸟依偎的样儿

母亲微笑着，梳理月光细碎的流苏

为我编织一件绚丽的衣襟

今夜，我走进梦幻的月光

贴近母亲的怀抱，心灵载满温暖的气息

连同收割的田野，不再虚幻与寂寞

母亲让我相信，微笑可以抵达精神家园

可以摒弃荒芜，找到自己的远方

2018 年 8 月 16 日

星辰之恋

——读劳伦斯 M.克劳斯《一颗原子的时空之旅》

(你身体里的每一个原子/都来自一颗爆炸了的恒星/
形成你左手的原子/可能与右手的来自不同的恒星/你
的一切都是星辰)

感动星辰的命题，光阴匆匆
纷飞的翅翼煽动分离，却将重逢拽紧
隔着千山万水，容颜已经黯然
目光总会眺望远方，找寻时空的罅隙
把相恋的诺言包裹，再深深地埋藏

某一天，左右之手相约相聚
一上一下掘开埋藏的硬土

忍耐断裂的疼痛，掏出封存的诺言——
一切都是星辰，从不陨落的星辰

2019 年 2 月 12 日

写封信给你

海水涌动，晨曦轻踏波浪
太阳的光芒——爱的光芒在跳跃
像无数双手，没有停歇地
折叠信笺，写下誓言

微风里，花束环绕的玻璃屋
洁净明亮，露出爱情纯真的模样
我看到，在香炉湾这片海滨
爱与被爱，就像海上的万丈光芒

阳光下，蜿蜒前行的木栈道
意味绵长，延伸岁月动人的芳华
在这里，我愿意写封信给你

寄往远方，表达内心细腻的情愫
每个字，都闪烁幸福的光芒

光影中，沉默不语的老邮筒
朝夕繁忙，聚集真挚和永恒
在这里，我一定能读到一封信
那些来自远方的文字
每一行，都洒满思念的光芒

海水退去，夜色追逐沙滩
灯塔的光芒——爱的光芒在舞蹈
像无数星辰，没有停歇地
加盖邮戳，铭记誓言
在爱情邮局，我愿意投递和接收爱
那些都是爱的光芒！

2019 年 3 月 22 日

迷迭香

不经意间，你递来迷迭香
这滴"海之朝露"，散发浓郁的气息
扑面而至，诱惑我踏上回忆之途

渐渐想起，那一天有燕子飞过
一双轻盈的翅膀碰撞了窗棂
一束绿荫，几支未开花的迷迭香
插放天青釉的玉壶春里

往事，总是被自己一一遗忘
甚至，时间令我模糊了你的眼神
至于你说过的话语，像紧闭的门
音频和文字都丢在了路旁

今天，你拽紧我踏上回忆之途

只是往事，在我心中特别不真实

那一天，失掉的是色彩和声音

唯有迷迭香，会牵动我的情愫

2019 年 4 月 17 日

倒流河

不知从何时起，天空暗淡了
像一条流淌不动的河
河床悬挂头顶，记忆的碎片
跌落水涡，回溯到从前

许多亲近的人，叫不出名字
许多经过的地方，仿佛消失
许多熟悉的事情，完全陌生
母亲所有的意识停滞
留在从前的点滴，恰似倒流的河水
河床悬挂头顶，故乡的影子
追随不息，祖辈中的奶奶
是她唯一能想起的模样

倒流河，悄悄地来

它拥有潜在的力量

能用一种看不见的物质

揉搓母亲大脑中的沟壑

同时，搅乱时空的次序

将存在于时空的人和事

遗忘或者错搭，都成为真实

痛苦不再穿行倒流河的母亲

痛苦的鞭子，抽痛站立岸边的我

倒流河，是母亲淌不出的河床

只有过去，没有现在和未来

2020 年 5 月 20 日

父亲祭（六首）

1. 过道

一道弯曲的背影滑走
明暗交替处，混沌不知疲倦地狂舞
你我，不辨东西的你与我
再也无法找到窗口

上空，只看见一块布帘低垂
光亮，如同害怕惹事的孩子
捂紧，早已失去闪烁的念头

此刻的过道，一条狭长的管子

正分娩你我的灵魂

背影却将痛苦搓成绳索

去划分生与死的界限

给过道撑开昏暗的雨篷

2009 年 11 月 4 日

2. 门口

门口晃动着两条影子

你的影子有些缠绵

在里面搜捕即将静止的风

哪怕是风的尾声

你都不肯放过，情愿

让无力的风信子堆积怨怼

去刮痛你低垂的耳朵

我则在外面狂奔

翻卷起老长老长的衣袖

朝向天空鼓吹胸中的豪气

想把太阳垂直的光芒拽弯了

最终，让太阳与风聚集门口

弯转一段漫漫的时间之河
来掠走你我的影子
留空洞的门半掩半敞
在开与不开之间
门的意义渐渐消失

门口，每一片看得见
或者看不见的地方
有你我的影子，正替换位置
无数不知生与死的冥想
走来荡去，失魂落魄
此刻，只有太阳重捶着风
化作你我能触摸到的物质

2009 年 12 月 24 日

3. 重要时刻

那张床泛动微光，游离清晨至晌午
床前的我，跪向死亡的阴影
随父亲一上一下的气息，看星辰远逝
眼前有落叶晃动
诵读的心经穿透或化解悲伤

悲伤正忙前忙后加固镜框

将父亲最后的微笑镶嵌

至此父亲的气息，无声地绵延

直到狂风来临，将岁月的碎玉卷走

安静的父亲，抬起右手无名指

仿佛告诉我，往生的世界光明依旧

不会再有一丝疼痛，瞬间

高洁的莲花从高空跌落

插进黝黑的陶器

我则沉浸一片裂变之中

听不清虚幻与真实的声音

这重要的时刻，我的父亲

他究竟想表达什么？

眼盲的他希望想看见什么？

最终是狂风卷走了一切

镜框划破猜测，烂漫为莲花

莲花伸展苍穹化作青鸟

扶摇直上，无数翅膀在煽动

牵扯父亲不再失明的目光

2010 年 3 月 13 日

4. 苹果结满父亲的庭园

肯定会是完美的——我深信不疑
那虚幻而又的确存在的天堂
穿透云层露出无常的秘密——
告诉我，苹果结满了父亲的庭园
他正坐在花与果芬芳编织的摇椅中
读着书报，那容颜是我熟悉的
微笑里那点动的手指，是我熟悉的
在苹果树下，果实也是我熟悉的
那是父亲呈给我的幸福啊！

2012 年 4 月 3 日清明节前

5. 絮叨的话语

相片卷起的边角，翘得高高
像您父亲嘴边抖动的香烟
燃透的烟灰掉落旧时岁月的河流
划出深浅不一的波纹

那波纹像父亲用生命留存的故事

如同他的话语一直絮叨不停

话语在我建造的空壳里发出声响

您告诉我，别忘了在父亲节

摘一束感恩的花送给母亲

母亲就是父亲从天堂递过来的爱

日夜守护着我，难以分离

2013 年 4 月 4 日

6. 一堆浅土

穿过草木丛生的山冈，我看见

雨水挂满带刺的糖罐花，洁白透亮

花瓣上，晃动晶莹的碎珠

像极了缠绵的哀思，诉说着父亲

如烟散去的年华，点点滴滴

没有开始，更没有结束的话语

花瓣下，砌成一堆浅土

父亲安眠泥底，相拥山冈的树木

依傍大地的暖流，回归自然

八年的时光飞逝，模糊了春夏秋冬

依旧阅读七十八年没读完的书报

回想妻儿的笑颜，冲淡孤独

清明的今天，女儿搭高烛台

燃烧一束光明，照耀父亲的坟前

喊一声"爸爸"，生死不隔的是思念

此时，糖罐花瓣上的碎珠遗落

草木丛生的山冈，悄然无声

2018 年 4 月 5 日

第八辑

穿过风，我来坐列车驶进

太阳晃动的土地

向日葵集体欢笑起来

列车，开往向日葵的土地

穿过风，我乘坐列车驶进

太阳晃动的土地

向日葵集体欢笑起来

露着满嘴的豁牙拥抱我

像是拥抱露出绿芽的草类

恍惚中，我疑惑是谁为我

开启了列车之门？儿子说——

一排密码烙印你的手心

神秘字符成为你狂奔的引领

我穿过风，风穿过我

掉落的葵花籽空出几许位置

其中一个是我要去站立的

于是，我抛弃飞驰的旅行

褪下衣袍，钻进向日葵裂开的缝隙

忘却狂奔，此刻家园来临……

2007 年 10 月 7 日

越过宽阔

电脑竖立超大的屏幕，炫耀宽阔
呈现万事万物，还有草原之上
天空正飘动来来往往的云朵

我还是我，如细小的木偶
趴向键盘，敲出一串串文字
以心血灌溉生命之树

飞快地，我的文字没有半点阻隔，
诗的灵性摆动而来，今天啊！
春不是春，冬亦不是冬
春与冬撞面的那一刻
时间之箭越过宽阔，飞驰奔跑

瞬间，木偶真正被唤醒

喝着文字酿造的美酒

摇晃到草原和天边

那些敲打而来的精魂，相约春雨冬雪

倒伏山川的峻峭，脚踏大海的波涛

狂书不已的我，感受越过宽阔的豪气

写出的诗，早不是原本的构想

2008 年 11 月 12 日

眺望田野

窗外，田野像摩西奶奶的油画
散发单纯而快乐的光芒
无边的绿茵正覆盖一畦金黄
隐藏的金黄发出声响：来吧！
泥土泄露生长的秘密
迎接太阳和风雨的眷顾
穿过徘徊，种子看到崭新的模样

田野，坦坦荡荡的田野
包容种子的千万个想法
所有的嫩芽，所有的枝条
可以瘦小硕大，可以弯曲笔直
唯有握住生长的力量

唯有跟紧四季的序列

万物才能在田野轻歌曼舞

2009 年 8 月 19 日

虚　笔

于时空的花园之外，一道光亮
撩高袖子化作闪电
划破夜晚的帷幕，帷幕散落
一片又一片披在我的肩胛

拿起笔，画两顶草帽
扑动的眼睛，似半合半闭的睡莲
在草帽下互望，续写童话
飞升的梦想点点滴滴
就是尽力接近天空

天空是虚拟的屋宇，光明环绕
时空之外的花园，阴影顿逝

苦难失去阴影的笼罩

透过笔尖，夏季露出笑靥

2013 年 9 月 24 日

跌进或者走出

跌进洼地，天空迷失在黄昏里
游丝一样的情绪，不知冷暖与春秋
翻书的阳光也迷失，忘记西去的时辰
阳光跟随天空倒伏洼地，触疼肋骨

躺倒低处，大地看见羊群在蓝天漫步
看见爱情的风吹过紫荆花和秋枫
花树摇醒睡熟的阳光，黄昏站直了
大地接过阳光手里的书籍
拽紧绚烂的光束，从洼地走出

2013 年 12 月 9 日

太阳出来了

传说，不留记载也不再吟诵
他装扮成胡须飘飘的老者
到易谷深处掀起风暴
去咸池旁边，溅高荡漾的流水
这时，天空倾斜大地
划出了升腾与沉沦的轨迹

还是传说，握紧蘸满想象的笔
记录黎明时分遇见的事物
在事物的细枝末节写下梦想
铺就的宣纸上，墨汁浸润流散
化作最远的云霞，于海边行走

太阳出来了，传说睡去

睡梦里，扶桑的树叶闪烁光芒

万物醒来，褪掉暗夜的长袍

看天空抖落给大地的文字

那些碎片如同金子，无比耀眼

2017 年 3 月 25 日

月光和土地

土地的心事如稻穗

在八月鼓胀成圆满

它会无比欣喜，无比满足

去仰望树梢，伸出手臂

承接洒落的月光

顷刻土地融化，遍野的存在

与虚无结出文字的谷粒，孕育诗行

从离别到乡思，愁绪似种子

伴随月光埋藏土地，途经发芽生叶

等来一片稻田的金黄

2017 年 8 月 29 日

消失的诗稿

总会沿着岁月的轨道驶向前方
晃动的列车集结芜杂的世界，集结了我
奔跑的风中，我并不知神奇就在身旁
捧紧一束期许的花，站在车厢的一隅
相逢了诗和那种不可知的目光

此时，车窗外的山川随光影远去
一股旋转的气浪碰掉我手里的鲜花
这一刻，我知道列车开往神秘的村庄

列车上，诗与花将白色的纸张啃噬
抖落出串串文字，再去选择燃烧
火光里，诗的灵魂开始裸露

灰烬躲在且明且暗的过道，慢声细语

我说去远方，还需要诗的手稿吗？
就像城市的街道抹去了乡间的小路
文字发出陌生的哭泣，湿透了纸张
诗曰：手稿已穿透屏幕与键盘的冰冷
伴随车轮的声响，永恒无法返回了
然而诗的灵魂还在升腾，还在徜徉

2018 年 7 月 12 日

荒　郊

去一个青草疯长的地方
那里，城市的尘烟无法抵达
理论之花早已干瘪
约定俗成的条条与框框
轰然散架，失去力量
惟独精神自由的锋芒
深埋泥土，如钝感的力量
舞蹈生命的不朽

今夜，站在没有边际的土地上
仰望寥落的星空
看腐朽的尘烟消亡

去一个青草疯长的地方

完成原本的向往

2018 年 9 月 12 日

跨越伶仃洋

隔着一片涌动的海水，从珠江口

远望伶仃洋，那座世纪之桥

矗立天海之间，神奇而迷离

眼前，大桥像极了太阳的骄子

追逐风云变幻，尽显波澜不惊的姿态

那座桥，在浪涛起伏的海面上

巨龙般蜿蜒，延绵不断地伸展

阳光下，它仿佛是裙裾飘逸的美神

奉献精湛绝伦的手艺——

镶嵌一条寓意融合共享的晶链

紧系大屿山、澳门闸和拱北关

拥抱港珠澳，温暖三地的家园

晨曦里，人工岛泛出夺目的光彩
那些新颖的建筑构造支撑桥的双翼
承载着通达无阻的使命
那条沉垫海底的深管隧道，谜一般
曾经雾锁神秘的暗匣，拒绝千里以外
是建设者们破解难题，寻找开启的钥匙
完成了极限超越，将辉煌刻进桥梁的史册

海风来临，轻抚世纪之桥
一派壮观牵引天空飘散的云霞
那些不可思议的制造奇迹
如同翻阅一部深奥的书，文字
化作动听的音乐引来纷飞的鸥群
此时，一种比大桥更深邃的抵达
正延伸到遥远的时空——
那里铭记赵州古桥建筑遗存的篇章
那里谱写长江大桥跨越天堑的诗行

今天，载誉桥梁奇迹的世纪之桥
迎着初升的太阳，风采卓越像波浪
起伏在伶仃洋上，不见起端没有终结

游弋水域的白海豚也为之动容

——世纪之桥是时代跨越的表达

2018 年 10 月 24 日写于港珠澳大桥通车之日

空　筐

岁月高台之上，时光松开她的手

一只空筐落下，像是去赴深壑

赶一场失重的约会

此刻，我的头颅倾倒空筐的前方

掏出一生的积累，包括爱与不爱

空筐笑了，用胜利者傲视囚徒的目光

鄙视我，摧醒我找回再生的力量

飞落之中，我的灵魂苏醒

本能启动，挣脱再挣脱

逃离空筐的轻蔑，握住爱与不爱

守护曾经存留心灵的瑰宝

2018 年 12 月 23 日

与水相依

时光总是短暂，一晃而过
桥的一生却似乎漫长
就像经历必须的经历
桥选择了跨越与连接
选择了与流水相依

当跨越完结，连接成功
两岸相通的喜悦如涟漪荡漾
所有的阻隔，低下头颅
不再是那么没有消除的可能
所有的天堑会是通途

与水相依，桥选取石头水泥

和钢筋的语言表达自己的幸运

因为日月交替中，风云变幻里

只有桥，只有与水相依的桥

阅尽河床丰沛干涸不一的形态

读懂流水四季晨昏不同的心声

桥，因为流水而熠熠生辉

不减跨越与连接的光彩

2019 年 5 月 9 日

亲爱的远方（五首）

1. 月夜丽江

土墙滑落，露出明清砖瓦的影像
木雕老朽，蜕去华丽时光的容颜

数百年前的城寨，寂寥了
像一句猜不出的哑谜
瞌睡着扯散白日的喧嚣

四方街，终究让行人踏累
酒吧的灯光暗淡，嘈杂退隐
油光锃亮的石板路，正低语着
守望高悬的月亮

月夜看丽江，空城一般

像一帘沉默的梦影

飘浮在天边的角落

2005 年 10 月 9 日

2. 淇澳凤凰

花开在嶙峋岩石上，与红树林

一起陶醉六月

六月太喧闹，太肆无忌惮

迅疾的暴雨追逐火热的阳光

一只吉祥鸟以花的形象

透过喧闹的云烟，翘首岛屿

海风中，树的冠羽不停地起伏

从一片朝阳舞蹈成万束晚霞

花的美姿里，我行走淇澳的石板路

去阅读远古的传说，去相遇凤凰

2008 年 6 月 17 日

3. 十月阳春

谷粒映照漠河，荡漾一片金黄
秋天真好，去稻田拥抱收成
去敬重珍爱的土地
此刻，金黄的谷粒灿烂如锦
披挂山坳，美丽了阳春

一群牛牯，徜徉凌霄峡谷的草地
自由自在，感受土地的温情
牛牯发出哞哞的声响
宛若天籁，牵动远方的心灵
三位老农，蹲守石望镇的晒场
欣赏土地的馈赠，谷粒上泛起的笑容
好似粤西南的山峦：柔和而刚毅

还有，眼睛闪烁纯真的孩子
带着土地的质朴，与溪水的清秀
像一队快乐的白鸽，晃动眼前
将十月阳春的欢喜，递给了我

2017 年 10 月 18 日写于广东粤西阳春

4. 背起行囊

清晨，我背起行囊阅读远方
远方如同谜的神祇，伸出双手
递来邀请的信函，去高山原野吧
去收割一捧冬麦，去拍一张农妇模样的相片
因为，你精神的祖籍不隶属城堡
你的思想不能种植在钢筋混凝土之上

于是，远方似殷勤的青鸟
为我绘制旅行的图册，腾冲客栈的风
摇落银杏一树的金黄，墨脱帐篷的雪
转动经筒无数的吉祥，所有青鸟的指引
与我梦境如此相仿

此时，我背起行囊走向远方
如同谜的神祇跟着我
他在絮叨——人的精神祖籍
刻印在永远走不到的地方

2019 年 11 月 8 日

5. 西行路上

沿着玛尼堆相随的路，一直西行
匍匐的人影像是遍野的格桑花
盛开又凋谢，宛若晃过眼前的银幕
信念则站立前方微笑
暖春一般，捂热被苦难冻僵的身体
苦难，无非是病痛或者离别
亦是没有边际的孤独黑夜
然而在路途，西行路上
千百次的长磕诵念与万般种的佛珠
互为拥抱，期望生命的安顺
祈祷来世总有光芒将自己照亮

我钦佩修行者，走在西行路上
许多感受触及心灵
挪不动的脚步凝重了目光
从玛尼堆的缝隙，我读到文字
上面刻着——苦难多么的虚无
甚至多么的轻如鸿毛

2020 年 5 月 2 日

飞云之下

清晨风起，飞云之下
山岭在远方托举太阳
她将光芒叠成信笺
写满温暖的文字
递给沉睡的城市

城市苏醒，展开光芒闪烁的信笺
读到山岭的絮语
那些回忆和惦念由光芒收藏
穿过岁月的隧道
飞云之下，尽现爱与被爱的力量

我看见，光芒挽紧山岭和城市

将彼此连接，傲视蒙蒙的烟雨

她总是会划开一切阴霾

飞云之下，完美这个世界

2020 年 6 月 11 日

后　记

　　《时间与空筐》是继《梦中神树》《化石走出荒原》之后，我的第三本诗集。

　　诗集取名"时间与空筐"，其意为：人生初始如同一只筐子，空空如也，却因基因或缘分的潜在，能在秒分时日月年的时间过程中，即人生经历之后，逐一装下财富、爱情和幸福等，交替装下贫穷、失恋和痛苦等。就我而言，各种生命体验和精神意识，一点点地被积攒为人生履历，写作成诗。

　　许多年来，一个人、一方石、一汪水、一片海、一束花、一棵树、一只鸟、一粒沙、一座城，甚至一场梦，都不是一如往昔，总是在与人类生活相关的年月日时分秒的时间过程中存在并发生变化。人生履历告诉我：世间万物总会在某时某地让我和诗相遇，让我从诗的视角去看待。

那么，在我看来，何为诗？诗是生命之火，是命运之水，是梦想之光。诗以一种独特的方式拥抱了我的一生，给予我无穷的力量。

因为世间万物的变幻、迁徙，我内心会生出快乐、忧伤、希冀、绝望等情愫。诗情画意引领我思索和写作，诗文让我的心得以安宁，疏离空虚和慌乱。写诗，成为我表达生命感觉和亲近人生意义的一种最合适的方式。

因为写诗，我渐渐地希望从积攒了人生经历的筐子里往外抽去财富、爱情和幸福，抽去贫穷、失恋和痛苦，甚至所有看得见和看不见的事物。我想还原一只筐子最初的模样，什么都没有，又什么都存在，回到人生初始的空筐状态。此想法倒好，却难以做到。

在此，我真诚地感谢著名诗人叶延滨老师，感谢叶老师拨冗为诗集作序。

时间，如长河之水，永恒流淌；空筐，似人生之相，或满或空。

2020 年 10 月 7 日